二見文庫

淫ら奥様 秘密の依頼

葉月奏太

目次

淫ら奥様　秘密の依頼

第一章　泣き縋る未亡人

1

「ああ、腹減ったな……」

高山真澄（たかやまますみ）は思わずつぶやき、手にしていた転職情報誌を投げ捨てた。

昨年、勤めていた町工場が潰れて現在は職探し中だ。しかし、なかなか次の仕事が見つからず、気づくと三月になっていた。

無職になって、もうすぐ半年が経とうとしている。

仕事を選り好みしているつもりはない。ただほんの少し給料が増えることを望んだだけだ。だが、ハローワークでは高望みをするなと言われ、腹が立った。以来、こうして雑誌や新聞広告で仕事を探していた。

失業のショックで自暴自棄になりかけたのも影響している。もともと少なかった貯金はすでに底を突きかけていた。三十歳にもなって情けないが、このままでは飢え死にしそうだった。

「クソッ……」

真澄は万年床で仰向けになり、染みの滲んだ天井に視線を向けた。

ここは東京の北東部にある六畳一間のアパートで、かれこれ十二年も住んでいる。木造モルタル二階建ての全六戸、築六十二年で家賃二万八千円と格安だ。便所はあるが風呂はなく、二、三日おきに近所の銭湯に通っていた。

このアパートから出たいと思っていたが、己の意志とは無関係に追い出されるかもしれない。じつは家賃を払えず、二カ月分も滞納していた。

(なんか食いもん、なかったかな)

横たわったまま狭い部屋のなかを見まわした。

発泡酒の空き缶とカップラーメンの空容器が散乱している。下着や靴下も脱ぎ散らかしてあった。

最後にまともな食事を摂ったのはいつだろう。三日ほど前にインスタントラーメンを食べてから固形物を口にしていない。思わずため息を漏らしたとき、卓袱台の下に魚肉ソーセージが落ちているのを発見した。

「おっ……」

お宝を見つけて一気にテンションがあがった。

魚肉ソーセージを拾いあげるなり、包装を破ってかぶりつこうとする。そのとき、キッチンの窓のほうから猫の鳴き声が聞こえた。

（なんだよ……）

真澄は思わず舌打ちをして立ちあがった。

窓を開けるとブロック塀があり、その向こうは線路になっている。そのブロック塀に三毛猫がちょこんとお座りしていた。真澄の顔を見るとニャオと鳴き、部屋に向かってジャンプした。

「またおまえかよ」

思わず文句を言うが、三毛猫は足もとに座って見あげてくる。つぶらな瞳を向けられると、むげに追い出すことなどできなかった。

「しょうがねえな……ほら」

魚肉ソーセージを半分にして片方を差し出せば、三毛猫はうれしそうに食べはじめた。

「それ食ったらすぐ帰るんだぞ。大家さんにバレたら、いよいよ追い出されちまうからな」

この三毛猫が来るようになって二カ月ほど経つだろうか。ときどき現れては、こうして餌をねだっていく。毛並みがよくて人に慣れているので、きっとどこかで可愛がられていたに違いない。

（家の人が心配してるんじゃないか……）

そう思うが、首輪もつけていないので飼い主を捜しようがなかった。

真澄は残りの魚肉ソーセージを胃に収めると、あとは水をがぶ飲みして腹を無理やりふくらませた。

少しでも腹に入れたことで元気になった。財布を確認すると、五円玉が二枚しか入っていない。銀行口座も似たようなものだ。本当に動けなくなる前に、なんとか仕事を探さなければならなかった。

三毛猫が窓から出ていったのを確認すると、真澄もブルゾンを羽織り、携帯電話と財布をポケットに突っこんで外出した。

真澄の部屋は二階の一番奥だ。錆びた手摺りに触れないように進み、外階段をカンカン鳴らしながら降りていく。階段の下に設置してある集合ポストから、広告やダイレクトメールが溢れていた。

時刻は正午をまわったところだ。眩い昼の陽光が降り注いでいる。雲ひとつない青空がひろがっているが、真澄の心は暗く沈んでいた。

とにかく、やはりハローワークに行くしかない。徒歩だと一時間ほどかかるが、今は電車賃を出す余裕などなかった。

駅が近づくにつれて賑やかになってくる。

歩行者用の信号が赤になったので立ちどまると、停車していたバイクが走り出した。カウルという風防がついた黒い大型のバイクだ。その直後、ドンッという激しい音があたりに響き渡った。

「なっ……」

突然の出来事に身動きできない。真澄の目の前で、黒い革ツナギを着た人間が宙を舞っていた。

赤信号を無視して交差点に進入した黒いセダンが、横からバイクにぶつかったのだ。ライダーは路面に落下すると、勢いのまま路面を滑っていく。アスファルトで革ツナギがザザーッと擦れていた。

そのとき、なにかが真澄のスニーカーにぶつかった。ライダーのウエストポーチがちぎれて転がってきたのだ。セダンは猛スピードで走り去り、倒れたライダーはぐったりしている。

(し……死んじゃったのか?)

交通事故を目撃するのなどはじめてだ。焦って周囲を見まわすが、他には誰もいなかった。

「そ、そうだ……」

ポケットから携帯電話を取り出し、震える指で一一九番に電話した。

慌てていたので早口になるが、なんとか状況は伝えられたと思う。電話を切ると、いつの間にか大勢の野次馬が集まっていた。

事故の音を聞きつけたのかもしれない。倒れているライダーはあっという間に囲まれた。野次馬のなかに医者がいればいいのだが、そんなドラマのような展開はそうそうないだろう。

(あの人、大丈夫かな)

不安になっておろおろしていると、すぐに救急車の音が近づいてきた。

人垣ができているため、状況はほとんどわからない。救急隊員が怪我人の状態を確認しているようだ。やがて担架に乗せて運んでいくのがチラリと見えた。担架から革ツナギに包まれた腕が力なく垂れさがっており、もはやピクリとも動かなかった。

（まさか死んだんじゃ……）

真澄はとてもではないが直視できずにうつむいた。

そのとき、足もとになにか黒い物が落ちているのを発見した。事故の直後に転がってきたウエストポーチだ。

「あ、これ……」

慌てて拾いあげるが、すでに救急車は動き出していた。

まるで潮が引くように野次馬たちもいなくなる。いつの間にか警察も来ており、事故の処理をはじめていた。

（早く渡さないと……）

ウエストポーチを手にして一歩踏み出したとき、腹がグウッと音を立てた。

その瞬間、邪な気持ちが湧きあがった。逡巡しながらも背を向けると、急いでその場から離れていた。

（ほ、ほんの少し……か、借りるだけだぞ）

とにかく空腹を満たしたい一心だった。

真澄は言いわけのように心のなかでくり返し、飯を食う金だけを借りるつもりで、ウエストポーチのなかを漁った。ところが現金はなく、鍵と健康保険証だけが入っていた。

(なんだ、せめて小銭くらいないのかよ)

心のなかでつぶやいたとき、またしても盛大に腹が鳴った。

緊迫の場面を目撃して、ようやく緊張状態から解放されたせいか、強烈な空腹感に襲われていた。

このままではハローワークにたどり着く前に倒れてしまいそうだ。

アパートに帰っても食べ物はない。手もとには、救急搬送されたライダーの家のものと思われる鍵と保険証がある。

明智夏樹(あけちなつき)——。

それがあの男の名前らしい。健康保険証に氏名が記載されていた。生年月日から二十八歳ということもわかった。

夏樹は病院に搬送された。もしひとり暮らしなら、今、自宅には誰もいないことになる。保険証に記載されている住所はすぐ近くだ。もしかしたら食べ物があるかもしれない。

(な、なにを考えてる……そんなの絶対ダメだ)

葛藤しながらも、足は自然と保険証の住所に向かっていた。

歩くほどに体力を消耗していく。腹が減りすぎたせいか、だんだん頭がまわらなくなってくる。自分でもなにをしようとしているのかわからない。もはや本能のまま、ふらふらと歩きつづけた。

2

(ここかよ……)

気づくと高層マンションの前だった。

思わず呆気に取られて立ちつくしてしまう。三十階くらいはありそうだ。見あげると首が痛くなるほどの高さで、しかも場所は駅前の一等地だ。こんなところに住めるのは、いわゆる勝ち組に違いなかった。

(なんか、いやになってくるな)

自分の住んでいるアパートと比べて、惨めな気分になってしまう。

これなら少し食べ物をわけてもらっても構わないのではないか。盗むのではない。いつ返せるかは別として、あくまでも借りるだけだ。

恐るおそるエントランスに足を踏み入れた。

床と壁が黒御影石で、ダイヤル錠のついた集合ポストがあり、その横にインターホンのパネルがある。ガラスの自動ドアが閉まっていて、部外者は居住エリアに入れないようになっていた。

（よ、よし……）

まずは集合玄関でインターホンのボタンを押してみる。

健康保険証によると、夏樹の部屋番号は五〇一だ。ピンポーンという電子音がエントランスに響き渡った。

同居者がいるかもしれない。もし誰かが応答したら、ウエストポーチを拾ったので届けに来たと言うつもりだ。満腹は無理でも、お茶と煎餅くらいなら出してもらえるかもしれない。

しばらく待ったが応答はない。もう一度チャイムを鳴らしてみる。だが、やはりなにもなかった。どうやら誰もいないらしい。念には念を入れて、三度チャイムを鳴らすが結果は同じだった。

（ちょっとだけ……ちょっとだけだから）

良心が痛まないと言えば嘘になる。だが、この空腹は耐えがたかった。

真澄はウエストポーチから鍵を取り出すと、インターホンのパネルに差しこんだ。まわしたとたんに自動ドアが開き、肩をビクッと震わせた。

今さら怖くなってきたが、腹が減りすぎて目眩がしている。周囲に誰もいないことを確認して足を踏み入れると、正面にあるエレベーターのボタンに指を伸ばした。

真澄は薄汚れたジーパンにブルゾンという格好だ。このマンションに似つかわしくない気がして、時間とともに緊張感が高まっていく。ようやくエレベーターが到着するが、ドアが開いた瞬間に全身が硬直した。

「こんにちは」

年配の女性が降りてきて、にこやかに挨拶しながら通りすぎていく。不意を突かれて、真澄は会釈するだけで精いっぱいだった。

（バ、バレなかったのか？）

心臓が異常なほどバクバクと音を立てている。

恐るおそる振り返るが、すでに女性の姿は見えなくなっていた。不審に思わず出かけたようだ。こういう大きなマンションに住んでいる人は、すべての住民を把握しているわけではないのだろう。

（そうか、それなら……）

堂々と振る舞ったほうが怪しまれないはずだ。

とはいっても、心臓は激しく拍動している。とにかく、顔だけでも平静を装って前を向くとエレベーターに乗りこんだ。

五階のフロアは静かだった。まるでホテルのように長い廊下がつづいており、各部屋のドアが向かい合っている。真澄は健康保険証に記載されていた五〇一号室を探してゆっくり歩いた。

（ここか……い、いくぞ）

自分自身に言い聞かせると、鍵を差しこんでゆっくりまわす。

カチリッ――。

解錠する音がやけに大きく感じる。その音が廊下に響いた瞬間、またしても恐怖がこみあげた。

（い、今なら、まだ……）

ぎりぎり引き返すことができる。

どうしても心が決まらない。そのとき、すぐ近くでドアレバーをまわす音が聞こえた。

（ヤ、ヤバいっ）

とっさにドアを開けて玄関に入りこんだ。

さすがに隣近所の人なら顔を知っているだろう。なんとか見られずにすんだが危ないところだった。しかし、部屋に入ったことで、いよいよ後戻りできなくなったことに気がついた。

（お、俺……やっちゃったよ）

息を潜めて耳をそばだてる。なかは静かで物音ひとつしない。やはり誰もいないようだった。

不法侵入……こうなったら仕方がない。ここで引き返したところで、行き倒れになってしまう。真澄は開き直ると、スニーカーを脱いで部屋にあがりこんだ。

足音を忍ばせて廊下を進む。とにかく空腹が切迫している。大画面のテレビと立派なソファセットが置いてあるリビングを素通りすると、対面キッチンに入りこんだ。

迷わず大型冷蔵庫に歩み寄って扉を開いた。

スライスハムのパックを取り出すと、すかさず開封して貪り食った。トマトとチーズとヨーグルト、さらにはショートケーキとシュークリームなど、調理せずに食べられるものを手当たりしだい胃に収めていった。

(ふぅっ、食った食った)

最後にオレンジジュースをがぶ飲みして、ようやく人心地がついた。

これほどの満腹感を味わうのはいつ以来だろう。胃から吸収された栄養が、全身の細胞に行き渡っていく気がした。

「あ……」

腹が満たされたことで、ふと我に返った。

罪悪感と恐怖が急激にこみあげてくる。赤の他人の部屋に侵入して、勝手に冷蔵庫を漁ったのだ。頭の片隅ではいけないとわかっていたが、どうしても空腹には勝てなかった。

(は、早く逃げないと……)

焦ってキッチンから出たとき、インターホンのチャイムが鳴った。

とたんに全身が凍りついたように動かなくなる。思わず息をとめて、様子をうかがった。

ピンポーン――。

再びチャイムの音がリビングに響いた。

まさか夏樹ではないだろう。どう考えても帰宅できる状態ではなかった。リビングの壁にインターホンのパネルがあるが、恐怖で動くことができない。とにかく物音を立てないように固まっていた。

（ん……ちょっと待てよ）

ここに来たときの状景が脳裏に浮かんだ。

インターホンが鳴ったということは、訪問者はエントランスにいるはずだ。それなら部屋で息を潜めている必要はない。そのことに気づいて、小さく息を吐き出した。

放っておけば訪問者は立ち去るだろう。しばらく時間を置いて真澄も逃げればいい。焦る必要はないと心のなかでくり返した。

やがてチャイムが鳴らなくなり、時間がすぎるのをじっと待った。

部屋には静寂が戻っている。そろそろ大丈夫だろう。小さく深呼吸をしてから、リビングを抜けて廊下に出たそのときだった。

ガチャッ――。

玄関のほうで物音がした。

今のはドアレバーをまわす音ではないか。さらにはドアが開く音までして、全身の毛穴から汗がどっと噴き出した。

(な、なんだ?)

鍵を閉め忘れていたことに気づいたが、今さらどうすることもできない。真澄は今度こそ全身を凍りつかせた。

3

「明智さん、いらっしゃいますか?」

女性の声だった。

「失礼します。島村です。ご連絡さしあげた島村由里子です」

どうやって一階の自動ドアを通り抜けたのか、いきなり声をかけながら玄関に入ってきた。

「あっ……」

廊下で立ちつくしている真澄と目が合い、由里子と名乗った女性は小さな声をあげて固まった。

ふわふわした毛皮のコートを羽織り、マロンブラウンの髪は大きくカールしている。ゴージャスな雰囲気が全身から漂っていて、年のころは三十前後といったところだ。

(ま、まずい……)

真澄は一歩も動けなかった。

鉢合わせするとは絶体絶命の状況だ。この場をどうやって切り抜けるか必死に考える。しかし、由里子と夏樹の関係がわからない。挨拶の感じからして、少なくとも夫婦や恋人ではないようだ。

こうなったら一か八か夏樹の友だちのフリをするしかない。そして、なにか適当な理由で外出して、そのまま逃走するのだ。そう決めたとき、由里子のほうが先に口を開いた。

「その後、どうなったのか知りたくて……本当に心配なんです」

縋(すが)るような声だった。

いったいなにがあったのか、由里子は瞳に涙を滲ませている。見ず知らずの男が目の前にいるのに、不審がっている様子はなかった。

(ど、どうなってるんだ？)

真澄はわけがわからず、無言のまま立ちつくしていた。

誰なのか詰問されると思って内心身構えていたが、なぜか由里子は真澄の顔を見ても訝（いぶか）っている様子はない。それどころか、自分の話を聞いてもらいたくて仕方ないようだった。

「明智さん、なにか言ってください」

由里子が焦れたように話しかけてくる。おっとりした顔立ちをしているが、真剣な表情でにらみつけてきた。

(俺のことを夏樹だと思ってるのか？)

おそらく由里子と夏樹は面識がないのだろう。とはいえ、まったくの他人というわけでもないようだ。電話かメールでしか連絡を取っていなければ、顔を知らなくてもおかしくない。

「怒ってらっしゃるのね。勝手に入ってきたのは謝ります」

由里子は急にしおらしい態度になって頭をさげた。困惑して黙っている真澄を見て、怒っていると勘違いしたようだ。

「でも、二時にお会いする約束だったので……エントランスの自動ドアは、ちょうど住民の方が帰ってきたのでいっしょに入ってしまいました。初対面なのに本当にごめんなさい」

なるほど、それで五階まであがって来ることができたのだ。しかも、午後二時に夏樹と会うことになっていたらしい。初対面と言っていたので、やはり夏樹の顔を知らなかったのだろう。

(それなら、このまま……)

友だちのフリをするより、夏樹本人になりすますほうが自然かもしれない。すでに彼女は真澄を夏樹だと思いこんでいるのだ。こうなったら、このまま乗りきるしかないだろう。

「あの、それでお話なんですけど……」

由里子が落ち着かない様子でつぶやいた。玄関で立ち話をしている状況に、困惑しているようだった。

(そ、そうだよな)

会う約束をしていたのに、家にあげないのはおかしいだろう。真澄は慌てて玄関に歩み寄ると、周囲にさっと視線をめぐらせる。壁ぎわにラックがあるのを見つけてスリッパを取り出した。

替えた。

由里子はあらたまった様子で頭をさげると、パンプスを脱いでスリッパに履き替えた。

真澄は夏樹になりきって声をかける。

「ど、どうぞ」

不安になりながら、とにかくリビングへ案内する。

自分の家らしく、堂々と振る舞わなければならない。ところが、毛足の長いふわふわした絨毯が落ち着かなかった。とにかく彼女に三人がけのソファを勧めると、真澄はL字形に配置されたひとりがけのソファに腰をおろした。

「うおっ……」

その直後、思わず小さな声が漏れてしまった。

予想していたよりもソファのクッションが柔らかかったのだ。尻が深く沈みこみ、体を支えきれず背もたれに勢いよく寄りかかった。気づいたときには、偉そうに両手を広げてふんぞり返る格好になっていた。

（や……やばいっ）

内心焦るが、それを顔に出すことはできない。表情を崩さないように努めると、つい眉間に力が入ってしまった。

「ご、ごめんなさい……急かしてしまって」

なにを勘違いしたのか、由里子が申しわけなさげにつぶやいた。

毛皮のコートを脱いでおり、ベージュのワンピース姿になっている。由里子は機嫌をうかがうように、チラチラと上目遣いに見つめてきた。

(夏樹ってやつ、そんなに怒りっぽいのか?)

彼女が緊張しているので、逆に真澄のほうが落ち着いてくる。

そのとき、スカートの裾が大きくまくれあがっていることに気がついた。ナチュラルベージュのストッキングに包まれた太腿が大胆にのぞいている。細すぎず太すぎず、むっちりした肉づきが艶めかしい。

(み、見ちゃダメだ)

懸命に視線を引き剝がす。ただでさえ動揺しているのに、ますます頭が混乱してしまう。なにか理由をつけて席を立ったほうがいい。

「お、お茶でも……」

真澄は慌てて立ちあがると、いったんキッチンに避難した。

ところが、お茶のある場所がわからない。オレンジジュースが残っていたのでコップに注いだ。そういえば、もう食べてしまったがケーキがあった。あれは来客用に用意したものだったのだろう。

リビングに戻ると、由里子のスカートは直っていた。今度はソファの柔らかさを計算しほっとしながらジュースをテーブルに置き、て慎重に座った。

「それで、小次郎は見つかりましたか？」

由里子が待ちきれないといった感じで尋ねてくる。

さっそく本題だ。しかし、彼女は夏樹と話しているつもりでいる。当然、真澄にはなんの話かまったくわからなかった。

「小次郎がいなくなって、もう三週間になります」

懸命にこらえているが、由里子の瞳には瞬く間に涙がたまっていく。そんな悲痛な表情が痛々しくて見ていられなかった。

（小次郎って誰だ？）

真澄は表情を変えないように気をつけるが、内心で首をかしげた。

夏樹は人捜しを頼まれていたのだろうか。そもそも由里子とどういう関係なのかわからない。少なくとも由里子と夏樹は初対面なのだ。それほど深い仲でもないのに、人捜しを頼むということは……。

（探偵……そうか、夏樹は探偵かもしれないぞ）

ピンと来ると同時に、面倒な人に間違われたと思った。

探偵が具体的にどういう仕事をしているのかわからない。夏樹のフリをつづけるのは、かなりむずかしそうだ。

（ど、どうすれば……あ、焦るな、冷静に……）

額に冷や汗を浮かべながら懸命に考える。

下手に口を開けばボロが出る。どうやってこの場をごまかすのか、悩んだすえにしゃべらないという作戦を取ることにした。無愛想と思われようが、黙っていたほうがいい。本物の夏樹には申しわけないが、それで嫌われたとしてもバレないことが重要だった。

「夫を亡くしてから淋しくて……」

再び由里子が口を開いた。絞り出すような声だった。

どうやら由里子は未亡人らしい。どうして夫が亡くなってしまったのか気になるが、よけいなことは聞かないほうがいいだろう。今はこの場を乗りきることだけを考えるべきだ。

「わたし、どうしたらいいのか……うっぅぅっ」

ついにこらえきれず、由里子の双眸から涙が溢れ出した。

「ご、ごめんなさい……」

大粒の涙が白い頬を次々と転がり落ちていく。嗚咽を漏らす姿を見ていると、こちらまで胸が苦しくなってしまう。

「旦那さんは……どうして？」

つい尋ねてしまう。黙っているつもりだったが、悲しむ未亡人の姿を目の当たりにして、声をかけずにいられなかった。

「癌です……気づいたときには手遅れで……」

由里子は消え入りそうな声で語りはじめた。

ＩＴ関係の会社を経営していた夫が亡くなったのは一年前だという。今は夫が遺してくれたものと保険金で生活には困っていないらしい。だが、胸にぽっかり穴が空いたような淋しさだけは、どうにもならなかった。

「まだ五十三歳だったんです」

「五十三？」

なるべく無言を貫くつもりが、思わず聞き返してしまう。由里子は三十前後だろう。あまりにも年が離れていた。

「ふたまわり違うんです。わたしは二十九歳でした」

　由里子が疑問に答えてくれる。

　当時二十九歳ということは、今は真澄と同い年の三十歳なのだろう。だが、二十九歳という若さで未亡人になった彼女の悲しみは、恋愛経験もろくにない真澄には想像もできなかった。

「だから、小次郎だけは……まだ二歳なんです」

　声をつまらせる未亡人を前にして、真澄は胸を締めつけられた。

（じゃあ、小次郎は……）

　おそらくふたりの間にできた子供だろう。その小次郎がいなくなって、もう三週間が経つという。

　二歳の子供が自分の意志で家を出るとは思えない。ただの迷子なら、とっくに見つかっているだろう。なにか犯罪に巻きこまれた可能性もある。それなら探偵よりも警察にまかせたほうがいいのではないか。

「警察には――」

　真澄が言いかけると、すぐさま由里子が言葉をかぶせてきた。

「警察は動いてくれません。言うだけ無駄だって、明智さんもメールに書いていましたよね。どうして、今さらそんなことおっしゃるんですか」

涙を流しながら訴えてくる。その瞳からは愛する者を失った悲しみと苦しみが伝わってきた。

どうやら警察には捜索依頼を出していないらしい。

なにか深い事情があるようだ。ただの人捜しではないのかもしれない。警察に通報できない事情があるのだろうか。まさか、身代金目的の誘拐で警察に言ったら子供を殺すと脅されているのではないか。

（いや、さすがにそれはないか……）

いずれにせよ、真澄にはどうすることもできない。詳しいことは、きっと夏樹に伝えてあるのだろう。

（やっぱり俺は黙ってたほうがいいな）

状況はさっぱりわからない。とにかく、下手にかかわると面倒なことになるのは間違いなかった。

「あの子がいなくなって三週間……明智さんに依頼してからもう二週間になります。なにか手がかりはつかめましたか？」

由里子が不安げな表情で尋ねてくる。

ソファに浅く腰かけて、背筋をすっと伸ばしていた。膝をしっかり閉じており、ストッキングに包まれた臑を斜めに流している。上品な未亡人が悲しみに暮れている姿は、どこか艶めいて感じられた。

「もちろん明智さんのことを信頼しています。メールにも、必ず見つけますと書いてくれてましたから」

やはりメールでやり取りしていたらしい。だから、由里子は夏樹の顔を知らなかったのだろう。

「お気を悪くなさらないでくださいね。でも、どうしても心配で……」

息子が行方不明になって三週間も経つのだ。由里子が不安でたまらなくなって直接訪ねてくる気持ちは理解できた。

(でも、よけいな口出しはしないほうが……)

元気づけてあげたいが、口を開けばボロが出る。真澄はソファの背もたれに寄りかかると、心を鬼にして無表情のまま腕組みをした。

「お忙しいのは重々承知しております。見つかったら明智さんのほうからご連絡をいただける約束でしたよね。でも、せめて、途中経過だけでも……」

よほど追いつめられているのだろう。由里子は涙を流しながら懸命に語りかけてきた。

「お願いです。なんでもいいので教えてください」

そう言われても、真澄から伝えられることはなにもない。夏樹がどこまで捜査しているのかなど知るはずもなかった。

（由里子さん、すみません……）

真澄は心のなかで謝罪した。

彼女の必死な姿を見ていると、申しわけなくてたまらなくなってしまう。気を抜くと涙ぐみそうで、真澄は奥歯を強く食い縛った。

「ごめんなさい、疑っているわけじゃないんです」

由里子が慌てた様子で謝罪してきた。

涙をこらえている真澄の顔が、どうやら怒っているように見えたらしい。由里子は慌てた様子で立ちあがり、おずおずと歩み寄ってきた。

（い、いや、怒ってないんだけどな……）

できれば口を開きたくない。真澄はひとりがけのソファに座ったまま動けなかった。

「失礼します」

由里子は目の前まで来ると、なぜか足もとにしゃがみこんだ。

4

真澄は口を閉ざしたまま、絨毯にひざまずいた未亡人を見おろしていた。

「明智さんのことは信じています。いろいろ聞いてごめんなさい。どうか、小次郎を見つけてください」

由里子がジーパンの膝に手を置いてくる。自分が口を出したせいで、捜索が打ち切られてしまうことを心配しているのだろう。

(参ったな……)

真澄はますます口を開けなくなった。

——小次郎くんの居場所はもうわかっています。

例えばそんな言葉をかければ、由里子を安心させて帰らせることもできるに違いない。だが、多少なりとも事情を知ってしまった今、そんな無責任なことは言えなかったし、墓穴を掘ることにもなりかねなかった。

(な……なんだ?)

「お願いです。小次郎を見つけると言ってください」

由里子が縋るように語りかけてくる。膝に置いた手のひらが、少しずつ太腿へと移動していた。

（そ、そんなこと言われても……）

真澄は奥歯を強く噛んだ。

腕組みをしたまま無表情を心がける。こうやって黙っていれば、いずれこの場を切り抜けられるだろう。そう思ったのだが、由里子はどんどん前のめりになってきた。

「明智さん、どうか……」

彼女の手のひらは、いつの間にか太腿のつけ根へと滑っている。さらにはジーパンの股間に重なってきた。

「うっ……」

思わず喉の奥で呻(うめ)いてしまう。まさかわざと触ったわけではないだろう。真澄は困惑しつつも、そのまま無表情を装いつづけた。

「なにか……なにか言ってください」

由里子の瞳から新たな涙が溢れている。

若い未亡人が懸命に懇願しながら頬を濡らす姿を見ていると、真澄も危うく涙腺が緩みそうになった。

(な、流されるな……)

心のなかで自分に言い聞かせたとき、股間に甘い痺れがひろがった。

ジーパンのぶ厚い生地の上から、由里子がペニスをつかんできたのだ。もはや偶然触れたのではない。上目遣いに見つめてくる瞳からも、意識してやっているのは明らかだった。

「あ、あの……」

さすがに黙っていられず声をかける。だが、彼女はジーパンごしにペニスを撫でまわしてきた。

「ううっ」

またしても甘い刺激がひろがり、呻き声が溢れ出す。

予想外の展開に困惑しつつも、ボクサーブリーフのなかで男根がむくむくとふくらみはじめる。こんな状況でも刺激にしっかり反応して、ペニスは瞬く間に芯を通していた。

(ま、まずい……)

ペニスが大きくなるほどに、焦りも大きくなっていく。

こんなときに勃起している場合ではないが、未亡人の魅惑的な手つきに流されてしまう。なにしろ、真澄はもう何年も女性と接していないのだ。

朝から晩まで町工場でネジを作りつづけて、アパートに帰ったら発泡酒を飲んで寝るという生活を送ってきた。恋人を作る時間もなければ、風俗で遊ぶ金もない。そんな真澄が未亡人のねちっこい愛撫に耐えられるはずがなかった。

「こ、困ります……」

なんとか声を絞り出すが、彼女の指はジーパンの上からしっかり太幹に巻きついている。やさしくしごかれると先端から透明な汁が滲み出して、ボクサーブリーフに染みこむのがわかった。

「明智さんだけが頼りなんです」

由里子は膝に寄りかかり、縋るような瞳で見あげてくる。

それだけなら行方不明の我が子を心配する母親の顔だ。しかし、彼女の手は確実にペニスを刺激していた。

すでに硬くなっている肉棒をゆったり擦りあげてくる。布地ごしとはいえ、自分でしごくのとは比較にならない快感だ。我慢汁がとまらなくなり、腰が小刻みに震えてしまう。

「い、いけません……」

当たり障りのないことしか言えなかった。

彼女の気持ちを思うと強引に撥ねのけることはできない。どうするべきか迷っているうちに、いつの間にかベルトが緩められていた。

「な、なにを……」

「わたしの気持ちです」

由里子が潤んだ瞳で見あげながら、ジーパンのボタンをはずしてファスナーをじりじりとおろしていく。

「こ、こんなことされても……」

「そんなことおっしゃらないでください」

さらにジーパンを引きさげようとする。

抗うこともできたが、彼女の願いを拒否するようで心苦しい。それに欲望がふくらみ、なにをされるのか期待が抑えられなかった。結局、彼女がジーパンを引きさげるのに合わせて、真澄は自ら尻を持ちあげていた。

ジーパンが完全に脱がされて、下半身に身に着けているのはグレーのボクサーブリーフだけになる。勃起したペニスの形が浮き出ており、先端部分には黒っぽい染みがひろがっていた。

「ああっ」

由里子の唇からため息にも似た声が溢れ出す。そして、ボクサーブリーフのふくらみに手のひらを重ねてきた。

「熱い……明智さんのここ、すごく熱いです」

艶っぽい声でささやき、薄布ごしにペニスを撫でまわしてくる。刺激がいっそう強くなり、またしても先端から我慢汁が染み出した。

「くぅっ……」

快感の波が押し寄せて、思わず全身の筋肉に力が入る。真澄は脚を大きく開いた状態で、つま先までピーンッと突っ張らせていた。

ボクサーブリーフの上からとはいえ、未亡人がねちっこく男根をしごいているのだ。絶えず快感を送りこまれて、欲望がどんどんふくれあがっている。これ以上つづけられたら、本当に我慢できなくなってしまう。

「ほ、本当に……も、もう……」

真澄はかすれた声でつぶやいた。

ところが、由里子は涙を流しながら首を左右に振りたくり、なおも男根を刺激してくる。

「あの子を……小次郎を見つけると約束してください」

悲痛な声だった。その約束を取りつけるため、彼女は必死になって夏樹の機嫌を取っているのだ。

(俺は夏樹じゃないのに……)

申しわけない気持ちになり、胸が押しつぶされるように苦しくなった。

しかし、絶対に真実を告げることはできない。夏樹ではないと伝えれば、同時に自分の犯罪行為をバラすことになる。小次郎を見つけると言えば、彼女は納得してやめるだろう。

(でも、そんな無責任なことは……)

あとで本当のことを知ったら、由里子は立ち直れないほどのショックを受けるだろう。そんな嘘をつけるはずがなかった。

「ううっ」

ボクサーブリーフの上から太幹をキュッとにぎられる。とたんに甘い快感が突き抜けて、全身が小さく跳ねあがった。

「明智さん、こんなに……」

由里子の瞳はボクサーブリーフにできた染みに向けられている。大量の我慢汁が溢れて、強烈な牡の香りも漂っていた。

「す……すみません」

真澄が思わず謝罪すると、由里子は太幹をゆったりしごきはじめる。柔らかく手首を返して、バットのように硬くなった肉棒を刺激してきた。

「ちょ、ちょっと……」

もう我慢汁がとまらない。次から次へと溢れて、ボクサーブリーフの染みがひろがっていく。快感がどんどん大きくなれば、反比例して抵抗力が小さくなってしまう。許されるなら、このまま愉悦に身をまかせたかった。

「も、もう……ダ、ダメです」

「明智さんが約束してくれるまでやめません」

由里子が膝にもたれかかったまま見あげてくる。その間も右手はペニスをしごきつづけていた。

「や、約束なんて……」

「でも、ここはこんなに硬くなってますよ」

彼女の指がボクサーブリーフのウエストにかかったかと思うと、いきなり引きおろされてしまう。屹立したペニスが剝き出しになり、あたりに強烈な生臭さがひろがった。

「うわっ、な、なにを……」

慌てて股間を隠そうとするが、それより早く真澄の指が太幹に巻きついた。とたんに、甘い快感電流が全身を駆け巡り、真澄はソファの背もたれに寄りかかって仰け反った。

「くううッ！」

「ああっ、すごく硬いです」

由里子の顔が桜色に染まっている。硬さを確かめるように、強弱をつけて太幹をにぎにぎと握りしめてきた。

「うっ……ううっ」

もう呻き声がとまらない。竿にまわされた指に力が入るたび、張りつめた亀頭の先端から透明な汁が滲み出た。

「はぁっ、こんなに硬いなんて……」

由里子はどこかうっとりした表情になっている。ペニスに直接触れたことで、明らかに雰囲気が変わっていた。

「じつは……久しぶりなんです」

「ひ、久しぶり？」

男根を握られる快感に耐えながら聞き返す。すると、彼女は恥ずかしげにこっくりうなずいた。

「夫を亡くしてから、こういうことは……」

視線をそらして告白する。

一年前に夫と死別して、その後は喪に服してきたのだろう。しかし、彼女は三十歳の女盛りだ。熟れた女体を毎晩自分で慰めていたのではないか。屹立した男根を見つめる瞳は、それを証明するように熱く潤んでいた。

「ああ、明智さん……」

生のペニスに巻きつけた指をゆったりスライドさせる。先端から溢れたカウパー汁が彼女の指を濡らすが、それでも構うことなくしごきつづけた。

「くッ……ううッ」

ヌルヌルと滑る感触がたまらない。真澄はソファに座った状態で、ただ呻き声を漏らしていた。

「すごく立派です……」

由里子は顔を股間に寄せてくると、亀頭の先端に口づけをする。我慢汁が付着するが、いやな顔ひとつ見せず、そのままぱっくり咥えこんだ。

「明智さん……はむンンっ」

「おおッ、ゆ、由里子さんっ」

突然のことに驚きを隠せない。押し寄せる悦楽に翻弄されて、全身がガクガクと震えはじめた。真澄は両手でソファの肘置きをつかみ、指先を布地に強くめりこませた。

(ま、まさか、こんなことが……)

己の股間を見おろせば、出会ったばかりの未亡人がペニスの先端を口に含んでいる。柔らかい唇をカリ首に密着させて、睫毛をうっとり伏せていた。

「ンっ……ンっ……」

由里子は亀頭を咥えているだけではなく、顔をゆっくり押しつけてくる。ふんわりした唇が、鉄棒のような肉棒の表面を滑り、徐々に口内に収まっていく。熱い吐息がまとわりつき、ゾクゾクするような感覚が押し寄せてきた。

「おッ……おおッ……」

もう呻くことしかできない。やがて砲身はすべて未亡人の口に呑みこまれて、根元を唇でやさしく締めつけられた。

「くぅうッ、す、すごい」

たまらず腰に震えが走り抜けて、またしても我慢汁が溢れてしまう。だが、彼女は気にする様子もなく、ペニスを咥えたまま見あげてきた。

由里子の瞳はしっとり濡れている。唇を大きく開いて太幹を咥えこみ、目の下が赤く染まっていた。ワンピースに包まれた腰がもじもじ揺れている。もしかしたら、男根を咥えたことで彼女も興奮しているのかもしれなかった。

（こ、こんなことされたら……）

視線が重なることで、ますます快感が大きくなっている。真澄はもう彼女から目をそらすことができなくなっていた。

真澄のほうも、フェラチオされるのなど何年ぶりだろう。久しぶりの刺激で欲望が際限なくふくらんでいる。全身が震えるほどの快楽にどっぷり浸り、もう拒絶することなど考えられなかった。

この快楽を自ら手放すことなどできるはずがない。しかし、由里子は真澄のことを夏樹だと信じてペニスを咥えている。申しわけないと思うが、今さら本当のことを言い出す勇気もなかった。

「あふっ……ンふぅっ」

由里子がゆったり首を振りはじめる。柔らかい唇で肉棒の表面を撫であげて、唾液と我慢汁の混合エキスを塗り伸ばした。

「ま、待って……ううッ」

慌てて声をかけるが、彼女は聞く耳を持たない。唇がカリ首まで滑ると、再び根元まで呑みこんでいく。あくまでもスローペースで首を振りつづけて、焦れるような快感を送りこんできた。

「ンふっ……あふンっ」

由里子の鼻にかかった声が艶っぽい。口内では舌も使って、亀頭を飴玉のように舐めまわしてくる。そうやってペニスをしゃぶる間も、真澄の目をじっと見つめていた。

「ううッ、そ、そんな……」

快楽の呻きが抑えられない。肉竿を唇でヌプヌプしごかれると、全身が蕩けていくような愉悦に襲われる。真澄はソファに体を沈めた姿勢で、未亡人の濃厚な口唇奉仕に溺れていた。

「ああンっ、硬くて素敵です」

ときおり媚びるように囁いては、ペニスをねちっこくしゃぶりあげる。尿道口を舌先でくすぐられると、下腹部の奥で射精欲がふくれあがった。

「ううッ、も、もうっ」

昇りつめたくて仕方がない。睾丸のなかの精液が外に出たいと暴れている。すでに沸騰しており、今にも噴き出しそうになっていた。

「はンっ……あふっ……むふンっ」

由里子の首を振るスピードが速くなった。

唇でリズミカルに太幹を擦りまくり、射精欲が煽り立てられる。真澄はたまらず呻きながら、無意識のうちに股間を突きあげた。

「くおおッ、も、もうダメだっ」

ソファの肘掛けを強くつかんで震える声で訴える。すると、由里子はペニスを根元まで呑みこみ、思いきりジュブブブッと吸いあげた。

「おおおッ……おおおおッ」

凄まじい快楽が脳天まで突き抜ける。

もうこれ以上は我慢できない。ペニスを唾液まみれにされたうえ、執拗に吸われているのだ。もはやまともな言葉を発することもできず、真澄は唸り声とともに欲望を爆発させた。

「ううぅッ、で、出るっ、ぬおおおおおおッ!」

未亡人の口内で男根が勢いよく跳ねまわる。尿道を駆け抜けた精液が噴きあがり、彼女の喉の奥を直撃した。

「あむうううッ」

由里子も呻き声を放つが、ペニスは深く咥えたまま離そうとしない。眉を八の字に歪めて、注がれるそばから白濁液を次々と嚥下していった。

未亡人のねちっこいフェラチオで射精するのは、魂まで震えるほどの快楽だった。ソファに沈みこませた体がビクビクと痙攣しており、睾丸のなかが空になるまで精液を放出した。

「ンンっ……はンンっ」

由里子はザーメンをすべて飲みくだすと、首をゆったり振って太幹をしゃぶり抜く。いわゆる「お掃除フェラ」というやつだ。尿道に残っている精液まで丁寧い吸い出し、最後の一滴まで飲みほした。

5

「はぁっ……」

ようやくペニスを解放すると、由里子は艶っぽいため息を漏らした。

絨毯に横座りして、口もとを指先で拭っている。そんなしどけない仕草が、妙に煽情的で目を離せなくなった。

(まさか、こんなことまで……)

真澄は絶頂の余韻で朦朧としながらも、これでなんとか逃げられると内心安堵していた。

それだけ息子に会いたい気持ちが強いのだろう。夏樹に依頼していたことを遂行してもらうため、必死に媚を売っていたのだ。それを思うと罪悪感がこみあげるが、このまま立ち去るしかなかった。

由里子がゆらりと立ちあがる。

両手を背中にまわすと、ワンピースのファスナーをおろしていく。そして、ワンピースを頭から抜き取ってしまう。これで彼女が身に着けているのは、黒いシルクのブラジャーとパンティ、それにナチュラルベージュのストッキングだけになった。

（な、なにを……）

驚きのあまり声にならない。真澄はソファに深く腰かけた状態で、目を大きく見開いた。

由里子は視線を感じているのか、顔をまっ赤に染めながらストッキングに指をかける。そして、尻を左右にくねらせながらおろしていく。まるで薄皮を剝ぐように、白い太腿が露になった。

むっちりとした肉づきがたまらない。肌もすべすべしており、いかにも触り心地がよさそうだ。膝はツルリとして小さく、ふくらはぎはスラリと細い。足首は折れそうなほど締まっていた。

「夫が亡くなってからはじめてなんです……男の人の前で裸になるの……」

由里子は言いわけがましくつぶやき、ブラジャーのホックをそっとはずす。とたんにカップが弾け飛び、たっぷりした乳房がまろび出た。

白くて大きな双つのふくらみは、マシュマロのようにふんわりしている。柔らかく揺れる乳房の頂点には、紅色の乳首が乗っていた。触れてもいないのにとがり勃ち、乳輪まで充血してふっくらしているのがわかった。

さらに由里子は恥じらいながらもパンティをおろしはじめた。何度も躊躇することで、ますます牡の欲望が煽られる。真澄は瞬きするのも忘れて、未亡人の股間を凝視していた。

パンティの下から現れたのは、自然な感じで生えている陰毛だった。黒々とした縮れ毛が、恥丘を埋めつくす勢いで密生している。淑やかな未亡人の外見からは想像がつかない濃厚な陰毛だった。

由里子は片足ずつ持ちあげてパンティを抜き取ると、ついには生まれたままの姿になる。内腿をぴったり寄せて、くびれた腰をしきりにくねらせながら見つめてきた。

「あ……明智さん」

自分の身体を抱きしめながら、由里子がかすれた声で語りかけてくる。耳までまっ赤になっており、瞳には涙がいっぱいたまっていた。

「ま、待ってください」

真澄はやっとのことで声を絞り出した。

下半身は剝き出しのままだ。射精直後のペニスは萎えかけていたが、未亡人の裸体を目の当たりにしたことで再び頭をもたげていた。

「こちらに……」

彼女に手を取られて、ふらふらと立ちあがる。ブルゾンとトレーナーを脱がされると、真澄も裸になった。そして、誘導されるまま三人がけのソファに横たわる。無防備な格好で仰向けになり、不安がこみあげてきた。

「こ、こんなこと——」

「明智さん、とっても逞しいのですね」

由里子は真澄の声を掻き消すと、太幹に指をまきつけてくる。そして、愛おしげな手つきでゆったりしごきはじめた。

「ううっ……」

「まだこんなに……素敵です」

うっとりした様子でつぶやきながら、彼女もソファにあがってくる。真澄の股間にまたがり、両膝を座面についた。

(み、見えた！)

その瞬間、思わず喉もとまで声が出かかった。

彼女が脚をあげたとき、股間の奥で息づく女陰が露になったのだ。鮮やかな紅色でヌラヌラと妖しげな光を放っており、しかも物欲しげに口を開いているのが確認できた。

生の女陰を目にするのなど、いったい何年ぶりだろう。しかも、未亡人である由里子の恥裂だと思うと、なおさら気分が盛りあがる。屹立した男根がピクッと反応して、先端から我慢汁が溢れ出した。

「ああ、すごいです」

由里子がペニスを撫でまわしてくる。どこか呆けたような表情で、我慢汁を肉棒全体に塗り伸ばしてきた。

「うっ……ううっ」

「小次郎のこと、よろしくお願いします」

あらたまった様子で言うと、由里子は濡れた瞳で見おろしてくる。そして、女陰を屹立したペニスの先端に押し当てた。

「うっ……い、いけません」

真澄は慌てて彼女の腰に手を添える。ところが、艶めかしい曲線と滑らかな肌を手のひらで感じて、ますます牡の欲望がふくれあがった。

「わたしの身体では不満でしょうか？」

未亡人の淋しげな声が、真澄の鼓膜を震わせた。

「い、いえ、そういうことでは……」

夏樹のフリをしているだけでも罪悪感でいっぱいなのに、これ以上、嘘を積み重ねたくない。なるべくしゃべらないつもりだったが、これだけは言っておこうと真澄は正直に言葉を紡いだ。

「由里子さんは、とても魅力的です……だから、俺はこんなに……」

そこまで言ったところで、由里子が腰を少し落としこんできた。亀頭の先端が陰唇を押し開き、膣の浅瀬にはまりこんだ。

「だから、こんなに硬くなってるんですね」

「そ、そう……です」

真澄は切れぎれの声でやっと答えた。

ペニスの先端に熱い媚肉が触れている。内側にたまっていた果汁が溢れ出して、亀頭をしっとり包みこんでいくのがわかった。

「わたし、勘違いをしていました」

ふいに由里子がつぶやいた。

(ま、まさか、バレたんじゃ……)

視線が重なり、真澄は頬がひきつるのを抑えられなかった。やはりしゃべりすぎたの
夏樹のフリをしていたことがバレたのかもしれない。

「明智さんは冷たい人だと思っていました。でも、本当は心のおやさしい方なのですね」

由里子の口もとには微かな笑みが浮かんでいた。

「……え？」

どうしてやさしいと思われたのかわからない。だが、とにかく夏樹になりすましたことがバレたわけではないようだ。

「どうして、俺が――うううッ」

彼女が腰をさらに下降させたことで、真澄の言葉は途切れてしまう。

亀頭は完全に膣のなかに埋没して、さらに竿の部分もズブズブと沈みこんでいく。とたんに快感がひろがり、慌てて全身の筋肉に力をこめた。

「こ、こんなこと……天国のご主人が知ったら……」

さすがに嘘をついたままセックスするのは気が引ける。彼女は真澄のことを夏樹だと思いこんでいるのだ。懸命に未亡人の良心に訴えかけるが、彼女は淋しげ

な笑みを浮かべるだけでやめようとしなかった。

「だって、わたしも……あああッ」

ついに腰を完全に落としこみ、そそり勃った男根がすべて彼女のなかに入ってしまう。先端が深い場所まで到達して、膣口が太幹の根元を思いきり締めつけてきた。

「ぬううッ」

真澄はたまらず唸り、未亡人のくびれた腰を両手でつかんだ。

「ああッ、こ、こうしたかったんです……わたしも……」

由里子が眉を八の字に歪めてつぶやいた。

「ずっと……淋しかったから」

彼女の言葉にはっとさせられる。そのひと言に、複雑な思いが集約されている気がした。

最初は小次郎を捜してほしくて、夏樹のフリをしている真澄に媚びを売っていたのだろう。だが、フェラチオしているうちに、身体の芯が疼き出したのではないか。夫を亡くしてから一年も男に触れていなかったのだ。熟れた女体を持てあましていたに違いない。

「久しぶりなんです……ああンっ」

由里子は両手を真澄の腹に置くと、うっとりした声でつぶやいた。

ペニスの感触を味わうように、腰をじんわりまわしはじめる。互いの陰毛が擦れて、シャリシャリという乾いた音が聞こえてきた。

「ううッ、ゆ、由里子さん」

根元まで埋まっている肉棒は、四方八方から揉みくちゃにされている。柔らかい媚肉でこねまわされて、瞬く間に快感がひろがった。

目の前でたっぷりした乳房が揺れているのも興奮を誘う。彼女が身をよじらせるたび、双つのふくらみが柔らかそうに波打つのだ。視覚的にも欲望を煽られて、ペニスはますます硬くなった。

「あンっ、なかで大きくなって……ああンっ」

由里子も感じているのか、甘い声を漏らしている。

久しぶりの男根がたまらないのだろう。背筋を軽く反らして顎があがり、唇は半開きになっていた。

「あっ……あっ……」

やがて腰の動きが円運動から前後運動に切り替わる。由里子は膝で真澄の腰をしっかり挟みこみ、股間を密着させた状態だ。そのまま陰毛を擦りつけるように、腰を前後に振りはじめた。

「ぬううッ、こ、これは……」

密着感は薄れることなく、ペニスが出入りをくり返す。動きこそ小さいが、充分すぎるほどの快感が沸き起こった。

「ああっ、擦れてます……あああっ」

由里子の喘ぎ声が大きくなる。腰の振り方が激しくなり、乳房もタプタプと波打った。

（こ、このままだと……）

すぐに達してしまいそうだ。

セックスするのは真澄も久しぶりだった。彼女のペースに合わせていたら、このまま追いこまれてしまう。真澄は両手を伸ばすと、目の前で弾んでいる乳房にあてがった。

「うおっ……」

乳房の柔らかさに驚愕する。手のなかで溶けていく錯覚に襲われて、夢中になって揉みまくった。

「ああンっ」

軽く触れただけでも指先がどんどんめりこみ、由里子の唇から甘い声が溢れ出す。乳首を指の股に挟みこんで揉みしだくと、騎乗位でまたがっている女体がヒクヒクと小刻みに震え出した。

「あっ……あンっ……そ、それ、ダメです」

どうやら乳首が感じるらしい。それならばと、真澄は両手の指先で乳首を摘まんで集中的に転がした。

「ああっ、そ、そこばっかり……ああンっ」

由里子は困ったように眉を歪めて、腰をくねくねとよじらせる。やがて気分が盛りあがってきたのか、両膝を立てて足の裏をソファの座面につくと、腰を上下に振りはじめた。

「くううッ、そ、それ、す、すごいっ」

「あううッ、お、奥まで……あううッ」

腰を落としこむと、亀頭が膣の奥まで到達する。由里子自身の体重がかかることで、より深い場所までペニスがはまりこんだ。締まりも強くなり、太幹が思いきり絞りあげられた。

「そ、そんなに……ううッ」

「あぁッ……あぁあッ」

由里子も快楽に酔っている。両手を真澄の腹に置き、ヒップを激しく上下に振り立てた。

「い、いいっ、あぁッ、いいっ」

未亡人が騎乗位で腰を振り、喘ぎ声を響かせている。今この瞬間は亡夫のことも忘れて、出会ったばかりの男のペニスを無我夢中で貪っていた。

「おおおッ、も、もうっ」

押し寄せてくる快感の波に耐えきれず、真澄が股間を突きあげる。すると亀頭が子宮口を強くたたき、女体に痙攣が走り抜けた。

「ひああッ、い、いいっ」

とたんに女壺が収縮して、ペニスが思いきり絞りあげられる。それと同時に快感の大波が高速で押し寄せた。

「あああッ、イ、イキますっ、イクイクッ、はああああああああッ！」

絶叫にも似たよがり泣きが響き渡る。由里子は背中を大きく仰け反らして、真澄の腹に爪を立てた。膝で強く腰を挟みこみ、膣道の奥に亀頭を迎え入れた状態でアクメに昇りつめていった。

「おおおッ、お、俺も、おおおッ、ぬおおおおおおおおッ！」

獣のような唸り声とともに、ザーメンを思いきり噴きあげる。未亡人の蕩けた媚肉に包まれての射精は、癖になりそうな快楽だった。

フェラチオで絶頂に導かれて、陰嚢（いんのう）のなかが空になったように感じていた。ところが、大量の精液が次から次へと尿道を駆け抜けていく。自然と腰が浮きあがり、ペニスをさらに奥へとめりこませる。子宮口に熱い粘液を浴びせかければ、由里子は唇の端から涎を垂らしながら全身をガクガクと震わせた。

「よくわかりました」

気を悪くしたわけではない。由里子はどこかさっぱりした顔でつぶやいた。

「明智さんは口先だけの約束はしない方なのですね」

彼女はまだ真澄のことを夏樹だと思いこんでいる。セックスまでしてしまって、今さら本当のことは言えなかった。

すでにふたりとも身なりを整えてソファに座っている。

真澄は最後まで約束をしなかった。小次郎を必ず見つけますと言えば、それでこの場をまるく収めることはできた。しかし、二歳の小次郎は、三週間も前にいなくなったのだ。無事に見つかる保証などない。彼女をぬか喜びさせて、再び悲しみのどん底に突き落とすようなことはできなかった。

（あと少し……あと少しで逃げられるんだ）

なにも言わないほうがいい。頭ではわかっているが、なにかやさしい言葉をかけてあげたかった。

「お子さんは——」

きっと見つかりますよ。気休めでもいいので、そんな言葉を欲しているのではないか。葛藤のすえ、声をかけようとしたときだった。

「わたしと主人の間に子供はできませんでした」

由里子がポツリとつぶやいた。

（え……？）

一瞬、呆気に取られてしまう。

ということは、小次郎は養子だろうか。いや、由里子か夫、どちらかの連れ子という可能性もあった。

「見つけていただけたら、報酬を倍お支払いしてもいいです」

由里子の瞳には涙が滲んでいる。

亡夫との間にできた子供ではないが、それでも小次郎が彼女の支えになっているのは間違いなかった。

できることなら、生きたまま帰ってきてほしい。だが、非力な真澄にできるのは祈ることくらいだった。

「そうだ」

「はい？」

「あ、いえ……前にも聞いたと思うのですが、もう一度、小次郎くんの特徴を教えてもらってもいいですか」

チラシを作って電柱に貼りまくれば、なにか情報が集まるかもしれない。

それで罪滅ぼしになるとは思っていないが、悲しみに暮れている未亡人に少しでも協力したかった。

第二章　女性の病室

1

（なんか、疲れたな……）

真澄は目が覚めると、体を起こして万年床で胡座をかいた。

時刻は昼の十二時をまわったところだ。たっぷり寝たはずなのに、全身に色濃く疲れが残っている。非日常的な出来事で心身ともに疲弊して、ひと晩寝たくらいでは回復することができなかった。

昨日は大変な一日だった。

空腹を満たすため、偶然手に入れた鍵を使って夏樹の部屋に侵入した。ところが、そこに訪ねてきた由里子となぜかセックスしてしまった。由里子は真澄のことを最後まで夏樹だと思いこんでいたのだ。由里子を見送ると、真澄も急いで逃げてきた。

狭くて汚いアパートだが、それでも自分の部屋が一番落ち着く。ここならボロすぎて新聞の勧誘すら来ないので安心だった。

(それにしても……)

頭に浮かぶのは昨日のことだ。

明智夏樹とはいったい何者だろう。人捜しの依頼を受けているようなので、やはり探偵なのかもしれない。あんなマンションに住めるのだから、相当儲かっているはずだ。

(でも、探偵って、そんなに稼げるのか?)

今ひとつピンと来なかった。

冷静になって考えると、由里子が警察に捜索依頼を出さないのもおかしい。我が子が行方不明になったのだから、普通ならまず警察に駆けこむはずだ。なにか後ろめたい理由があるのではないか。

由里子は警察に相談せず、夏樹に人捜しの依頼をした。どう考えても、ただの探偵とは思えなかった。

とりあえずチラシの作成に取りかかる。電話台の下が棚になっており、メモ用紙やノート、筆記用具などが置いてあった。

（えっと、確か……）

由里子に聞いたことを思い出しながら、ノートにペンを走らせた。

さがしています！

島村小次郎。二歳の男の子。黒髪。目が大きい。

三週間前に自宅からいなくなりました。

そこまで書いて、ふと気がついた。

チラシをバラ撒くのはまずいのではないか。由里子は警察に捜索依頼を出していないのだ。もしかしたら、公にしたくないのかもしれない。デリケートな内容なので、由里子に確認を取ってからにするべきだ。真澄は書きかけのノートと筆記用具を電話台に戻した。

（そういえば……）

夏樹はどうなったのだろう。

昨日、事故を目撃したときはショックだったが、その後にいろいろなことがありすぎて考える余裕がなかった。だが、ひと晩経って落ち着いたことで、急に心配になってきた。

勝手に夏樹のマンションに入った罪悪感がある。食べた物はいつかは返すつもりだが、いつ返せるかはわからない。だから、なおさら夏樹の安否だけでも知りたかった。

悩んだすえ、夏樹の様子を確認しに行くことにした。

夏樹が搬送されたのは、おそらく近くにある総合病院だろう。以前、通っていたレンタルＤＶＤ屋の隣にあり、よく救急車がサイレンを鳴らしながら出入りしていたのを思い出した。

真澄はさっそく支度に取りかかった。とはいっても、ジーパンとトレーナーを着て、ブルゾンを羽織るだけだ。

(あとはケータイと財布を……あれ？)

携帯電話は枕もとに置いてあるが、どういうわけか財布が見当たらない。あたりを捜してみるが、なぜかどこにもなかった。

薄汚れているが黄色なので目立つはずだ。金運がアップすると聞いて黄色の財布を買ったが、金が入ってくることもなく町工場は潰れてしまった。どうせほとんど空なので、慌てて捜す必要もないだろう。

真澄は携帯電話だけを持ち、アパートをあとにした。

十五分ほど歩いて総合病院に到着すると、待合室を素通りしてエレベーターに乗りこんだ。二階から上が入院患者の病室になっている。エレベーターを降りると、まっすぐナースステーションに向かった。

「あの……」

近くにいた年配の看護師に声をかけた。

「昨日、バイクの事故で運ばれてきた人がいると思うのですが」

最悪の場合、亡くなっている可能性もある。その心積もりをして、恐るおそる尋ねてみた。

「ああ、昨日のお昼すぎですね」

すぐにわかったらしい。思いのほか明るい声に安堵する。その瞬間、夏樹は無事なのだと確信した。

「ご友人の方ですか？」

「え、ええ、はい……」

本当は赤の他人だが、友人ということにしておいたほうがいいだろう。とっさにそう判断してうなずいた。

「確かお名前は……」

看護師はつぶやきながら、手もとのファイルに視線を向ける。そこには入院患者の名前が記載されているようだった。

「えっと、明智夏樹です」

「いえ、あなたではないですよ」

真澄が告げると、看護師は人のよさそうな笑みを浮かべて否定する。そして、指でファイルをなぞりながら読みあげた。

「患者さんのお名前は、高山真澄さんですね」

耳を疑った。だが、自分の名前を聞き間違えるはずがない。

（どうなってるんだ？）

真澄は呆気に取られて、すぐに返事ができなかった。

どういうわけか、初対面の相手にいきなり名前を呼ばれたのだ。しかも、自分は入院していることになっているらしい。わけがわからず、頰の筋肉がひきつるのを自覚した。

「違いましたか？」

「あっ、い、いえ……け、怪我は大丈夫なのかなと思って」

言葉につまりながらも、なんとか言い繕った。

後ろめたいことがあるので、できるだけサラリとやりすごしたい。看護師の印象に残りたくなかった。

（ま、まずい……俺、きっと挙動不審だよな）

焦ってしまうが、そんな真澄の様子は友人を心配しているためと取られたらしい。看護師は複雑な表情を浮かべてうなずいた。

「ご心配ですよね。命に別条はありませんが……とにかく、早く会ってあげてください」

なにやら奥歯に物が挟まったような言い方だった。

病室を教えてもらって、白いリノリウムの廊下を静かに歩いていく。平静を装っているが、真澄の心臓はバクバクと音を立てていた。

（なんかおかしいぞ）

胸のうちで不安がどんどんふくらんでいく。

先ほどの看護師は、ファイルを見て入院している患者の名前を読みあげた。どうして、そこに真澄の名前が記載されているのだろう。なにが起こっているのか、さっぱりわからなかった。

（まさか、バレてるんじゃ……）

ふと怖くなって足をとめた。

マンションに忍びこんだことがバレたのではないか。警察はすべてを把握しており、高山真澄という男が来たら通報してくださいと病院側に伝えてあったのかもしれない。

先ほどの看護師は、真澄の名前が書いてあるメモを間違って読みあげてしまったのではないか。

（だとしたら、もう……）

どう足掻いても逃げることはできない。逃走を試みたところで、結局は捕らえられて罪が重くなるだけだ。そもそも悪いのは自分なのだ。素直に捕まって罪を償うしかなかった。

真澄はがっくり肩を落として、夏樹が入院している病室を訪れた。

逮捕される前に、せめて夏樹の無事な姿を見ておきたい。そして、本人に直接謝罪をしておきたかった。

「失礼します」

軽くノックしてからドアを開けた。

六人部屋になっており、左右に三つずつベッドが並んでいる。すべてのベッドが埋まっていて、ピンクの入院着を纏った女性たちが横たわっていた。

(あ……あれ?)

全員の視線がいっせいに集まりはっとする。

そこは女性ばかりが入院している病室だった。どうやら部屋番号を間違えたらしい。慌ててまわれ右をしたとき、ハンガーにかかっている黒い革ツナギが目に入った。一番廊下側のベッドだった。

(これは……)

思わず眉間に皺を寄せて凝視する。

体の右側にあたる部分に、派手な擦り傷がついていた。これはバイクで転倒したときにできたものではないか。

(昨日、夏樹が着てたツナギ……だよな?)

まさかと思いつつ、横たわっている人に視線を向けた。

艶やかな黒髪ロングヘアの女性だった。大きな怪我をしている様子はなく、布団が下半身にだけかかっている。入院着の胸もとは大きく盛りあがり、襟もとから白いブラジャーのレースがチラリと見えた。

(お、女の人……ど、どうして？)

目眩を覚えるほど動揺して、思わずベッドのパイプを強くつかんだ。

こんな事態はまったく予想していなかった。混乱しながらも、懸命に頭のなかを整理した。

昨日は夏樹の顔を見ていない。事故直後はヘルメットをかぶっていたし、担架に乗せられたときは人垣の向こうだった。大型バイクに乗っていたので男だと思いこんでいたが、それが間違いだったというのか。

夏樹の部屋はきれいで塵ひとつ落ちていなかった。今にして思うと、あの清潔さは女性の部屋だったような気もしてくる。

(まさか……ウソだろ)

考えてみれば、夏樹というのは男でも女でも通用する名前だ。それなのに、真澄は勝手に男だと決めつけていた。

もう一度、ベッドに横たわっている女性を確認する。

二十代半ばから後半くらいだろうか。鼻筋がすっととおっており、涼しげな瞳で天井を見あげている。肌は染みひとつなく滑らかで、まるで新雪のように白かった。

(あっ、そうだ)

ブルゾンのポケットに入れてきた保険証をそっと取り出した。病院で必要だと思って忍ばせてきたのだ。

夏樹に気づかれないように確認すると性別の項目があり、そこには「女」と記載されていた。生年月日から「二十八歳」ということは確認したが、最初から男だと思いこんでいたので性別の項目などまったく見ていなかった。

(女だったのかよ……)

愕然としながらも、ぼんやり見惚れてしまう。

すると視線を感じたのか、彼女の瞳がゆっくり真澄に向けられた。視線が重なりドキリとする。澄んだ湖を想起させる瞳だった。目を逸らさなければと思うが、魅入られたように動けなかった。

(それにしても……)

彼女の仕事は本当に探偵なのだろうか。どこか頼りない感じで、か弱い女性という印象だ。

だが、案外こういうタイプがスゴ腕の探偵だったりするのかもしれない。外見でただ者ではないとわかったら仕事にならないだろう。わざとか弱く見せている可能性も否定できなかった。

「こんにちは」

夏樹は上半身をゆっくり起こすと、清らかな声で語りかけてきた。

「ど、どうも……」

真澄も慌てて言葉を返すが、極度の緊張で声がかすれてしまった。

夏樹の無事は確認できた。あとは警察が駆けつける前に、己の罪を告白して謝罪するだけだ。意を決して語りかけようとしたとき、真澄より先に夏樹が口を開いた。

「あなたは、わたしの知り合いですか？」

どこか焦点の合わない瞳で見つめてくる。真澄の顔が確認できる距離なのに、知り合いかどうかわからないらしい。

「ごめんなさい……わたし、記憶がないんです」

衝撃的な言葉だった。夏樹は途方に暮れた様子でつぶやき、小さなため息を漏らした。

「記憶喪失……ってことですか？」

またしても予想外の展開に動揺してしまう。真澄はベッドの足もとに立ったまま、彼女の顔をじっと見つめた。

「そうみたいです。オートバイで事故に遭ったと聞いていますが、なにも思い出せないんです。当て逃げされたとか……犯人は捕まっていませんが、記憶がないので実感がないというか……」

まったく覚えていないらしい。さらに夏樹は医者から説明されたことを、そのまま夏樹に話してくれた。

頭部打撲による逆行性健忘症だという。夏樹の場合は言語や日常生活に関することは覚えているが、自分や周囲の人たちのことは忘れている。記憶はなにかの拍子に戻るかもしれないが、そのままの可能性もあるという。

「そう……なんですか」

真澄はそれ以上かける言葉がなく黙りこんだ。事故の瞬間を目撃しているだけに、なおさらショックが大きかった。

「忘れてしまってすみません。あなたはわたしの知り合いなのでしょうか？」

夏樹が申しわけなさそうに、先ほどと同じ質問を投げかけてくる。真澄は困惑しながら首を小さく左右に振った。

「俺は偶然、事故現場に居合わせただけです。たまたま横断歩道で信号待ちをしていて……すぐに救急車を呼びました」

「では、あなたが命の恩人ということですね」

夏樹の声のトーンが高くなる。表情が明るくなり、虚ろだった瞳に光が灯ったような気がした。

「そ、そんなおおげさなものじゃ……」

「親切な方が救急車を呼んでくださったというのは聞いていました」

「あの場にいれば、誰だって電話しますよ」

礼を言われると、罪悪感で胸が苦しくなる。なにしろ、真澄は彼女の部屋に侵入して冷蔵庫のなかを漁ったのだ。空腹に耐えかねて、許されないことをしてしまった。おまけに本人のフリをして、由里子とセックスまでしてしまった。

「本当にありがとうございます。ぜひ、お名前を教えてください」

「い、いや、名乗るほどの者では……」

いずれ警察に捕まればバレてしまう。だが、わざわざ自分から名乗るつもりはなかった。

「でも、わざわざ来てくださったんですよね」

「どうしても気になって……そうしたら、記憶をなくされたと聞いて……」

「おかげさまで命は助かりました。それに名前だけはわかったんですよ」

夏樹はそう言って、ベッドの頭のところに取りつけられたネームプレートに視線を向けた。釣られて見やると、そこには黒のマジックで「高山真澄」と書いてあった。

「えっ……」

思わず小さな声を漏らしてしまう。

慌てて口を閉ざすと、真澄はあらためてネームプレートを見つめた。無意識のうちに力が入り、眉間に縦皺が寄っていく。何度も確認するが間違いない。そこに書いてあるのは、なぜか自分の名前だった。

「これがわたしの名前らしいです」

どこか他人事のような言い方だ。夏樹は少し首をかしげると、淋しげな笑みを浮かべた。

「な、名前……ど、どうしてわかったんですか」

動揺が大きすぎて声の震えを抑えられない。

なぜ夏樹が「高山真澄」になってしまったのだろうか。だんだん怖くなってきた。なにが起こっているのかさっぱり理解できない。一刻も早く状況を把握したかった。

「これです。革ツナギの胸ポケットに入っていたそうです」

夏樹が枕の下から黄色い財布を取り出した。

（ああっ！）

真澄は喉もとまで出かかった声を懸命に呑みこんだ。危うく大声をあげるところだった。

それは真澄の財布に間違いない。全体的にカーブしているのは、ジーパンの尻ポケットに入れていたためだ。傷んできたので、最近はブルゾンのポケットに携帯電話といっしょに入れるようにしていた。

ここにあったのなら、部屋をいくら捜してもないはずだ。しかし、どうして病院にあるのだろうか。

（そうか、あのとき電話をかけたから……）

事故を目撃した直後のことを思い返した。

ブルゾンのポケットから携帯電話を取り出して、一一九番に連絡した。慌てていたので、携帯電話と同じポケットに入っていた財布が落ちたのだろう。それを拾った人が、夏樹の物と勘違いしたのではないか。

真澄が夏樹のウエストポーチを拾ったとき、自分の財布が彼女のもとに渡っていた。ふたりの財布が入れ替わっていたことになる。どうせ小銭しか入っていないので、財布のことなど気にしていなかった。

「お財布のなかにレンタルＤＶＤ屋さんの会員証が入っていました」

そこに真澄の名前が書いてあったため、彼女は「高山真澄」になってしまったらしい。

「で、でもさ、なにかの間違いってことはないかな？」

「それなら大丈夫です。看護師さんといっしょにＤＶＤ屋さんに行って、店員のお兄さんに顔を確認してもらいました。ＤＶＤ屋さん、この病院のすぐ隣にあるんです」

夏樹の言葉で思い出す。

あのＤＶＤ屋には、ミスしてばかりの駄目な店員がいた。レンタルしたＤＶＤが間違っていることが何度もあった。あの適当な男が客の顔を覚えているとは思えない。きっといい加減なことを言ったに違いなかった。

「で、でも、ちゃんと確認を――」

「名前だけでもわかってほっとしました」

夏樹の唇から安堵の言葉が溢れ出した。

「なんにもわからないままだったら、死んだほうがましです」

「なっ……」

真澄はもうそれ以上なにも言えなくなった。

彼女の唇から「死」という単語が出たことに驚いた。それほど記憶を失ったことがショックなのだろう。じつは違う名前だということを告げたら、よけいに混乱させてしまうのではないか。

(二、三日経ってからのほうが……)

真実を告げるのは、もう少し待ったほうがいい気がする。そのとき、ふと邪な考えが芽生えた。

どうやら警察にバレたわけではないようだ。それなら、夏樹が入院している間は、鍵を使って彼女の部屋に出入りできる。冷蔵庫のなかには、まだ食料がたくさんあった。

（食べ物を少し借りるだけなら……）

上手くやれそうな気がしてきた。盗むわけではない。少しだけ食べさせてもらって、金ができたら必ず返すつもりだ。仕事が見つかるまで、なんとか食いつながなければならない。いっそのこと、それまでは真実を伏せたままにしておこうと思った。

「真澄っていう名前、なんだかしっくり来なくて……」

夏樹が淋しげに瞳を潤ませた。

自分の本当の名前ではないので、しっくり来ないのは当然だ。記憶を失った彼女の苦しみは計り知れない。真実を告げられないのは申しわけないが、仕事が決まったらすべて打ち明けるつもりだ。そして、誠心誠意謝罪して、なんとか許してもらうしかなかった。

「でも、響きがきれいで気に入ってます。まったく記憶にないので、新しい名前をもらった気分です」

こんな状況でも、夏樹は懸命に前を向こうとしていた。

（それなのに、俺は……）

だんだん自分が恥ずかしくなってくる。彼女にかける言葉が見つからず、真澄はただ小さくうなずいた。

(どうして、こんなことになったんだ?)

ふと子供の頃の記憶がよみがえる。

真澄は自分の名前が好きではなかった。小学校低学年のとき、女みたいだと年中からかわれていた。それがトラウマとなり、人前で名乗るのが嫌でたまらない時期があった。

真澄と夏樹。どちらも、男でも女でも通用する名前だ。

このまま入れ替わることができたら、彼女の人生を自分のものにして貧乏生活から脱出できるのではないか。しかも、昨日は未亡人の由里子とセックスできたのだ。

(探偵か……ちょっとカッコいいよな)

頭の片隅でそんなことを考えて、真澄はふっと苦笑を漏らした。

夏樹の記憶は時間が経てば戻る可能性がある。ずっと入れ替わったままではいられないだろう。

「お名前、教えていただけませんか?」

「えっ……」

彼女の声ではっと我に返った。

いずれ、またここに来ることになるだろう。いつかは真実を告げなくてはならないし、部屋に侵入しつづける以上、彼女の動向を確認する必要がある。それなら、きちんと名乗っておいたほうがいい。でも、彼女が「高山真澄」になってしまったため、本名を教えるわけにはいかなかった。

「あ、明智……夏樹……です」

ふと彼女の名前が脳裏に浮かんだ。とっさに口走ってしまったが、ややこしいことになったかもしれない。これでふたりは完全に入れ替わることになってしまったのだ。

「夏樹……さん」

彼女が首をかしげながら、小声で「夏樹さん」とくり返す。

明智夏樹は彼女の本当の名前だ。自分の名前がきっかけとなり、記憶がよみがえってきたのではないか。そう思って焦ったが、ふいに彼女は微笑んだ。

「いいお名前ですね」

「あ……ありがとうございます」

真澄は頬をひきつらせながら頭をさげた。

どうやら名前を覚えるために復唱していただけのようだ。夏樹の記憶が回復すれば、真澄の悪事が露呈してしまう。そうなる前に真澄は仕事を見つけて、自分から本当のことを言わなければならない。それでも許してもらえるかわからないが、わずかな可能性にかけるしかなかった。

「じゃ、じゃあ、俺はそろそろ……」

あまり長居しないほうがいい。謝罪するつもりで来たのに、まったく違う展開になってしまった。

「あの……途中までごいっしょさせてもらってもいいですか？」

真澄が帰ろうとすると、夏樹が縋るような瞳を向けてきた。

「どこかに行かれるんですか？」

「わたし、退院するんです」

まったく予想していなかった言葉に真澄は黙りこんだ。

すでにＣＴなどの検査も終わり、退院の許可がおりたという。頭部の打撲以外は奇跡的に無傷だった。しかし、記憶がないため不安でたまらず、横になったまま途方に暮れていたらしい。

またしても、まさかの展開だった。あれだけの事故に遭ったのだ。こんなに早く退院するとは思いもしなかった。

「お願いします。途中まででいいので」

夏樹の瞳は涙で潤んでいる。そんな瞳で見つめられたら、突き放すことなどできなかった。

「で、でも、家の場所は覚えてるんですか？」

「ＤＶＤ屋さんに事情を話して、登録してある住所を教えてもらいました」

「ああ……なるほど」

またあのレンタルＤＶＤ屋の店員だ。夏樹の顔を見て真澄だと証言したのだから、住所くらい平気で教えるだろう。

「わたしの住んでいるアパート、エンジェルハイツという名前らしいです。なんだか素敵な感じがしませんか？」

そう言われてみれば、そんな名前だった。だが、実際はエンジェルハイツという名前からほど遠い、朽ちはてそうなボロアパートだ。

「でも、道がわからなくて……」

「そ、それじゃあ、俺が家までお送りします」

彼女の部屋に侵入した後ろめたさもある。真澄は罪悪感に駆られて、つい道案内を引き受けてしまった。

2

（なんか、おかしなことになったな）

真澄は激しく動揺しながら歩いていた。

自分が住んでいるアパートに、出会ったばかりの女性を送り届けようとしているのだ。

隣には夏樹がいる。彼女は事故に遭ったときに着ていた黒い革ツナギというハードな格好だ。一見するとクールな美女だが表情は弱々しい。そのアンバランスな感じが、よけいに気になってしまう。よほど不安なのか身体を寄せてくるため、先ほどから腕が触れ合っていた。

しかし、よくよく考えるとこれでよかったかもしれない。もし真澄が病院に行かなかったら、夏樹はレンタルＤＶＤ屋で聞いた住所を頼りに、突然アパートを訪ねてきたはずだ。自分の部屋だと思っているのに、そこで真澄と鉢合わせしたらパニックになっていただろう。

「道、お詳しいのですね」

ふいに隣を歩いている夏樹が話しかけてくる。住所が書かれたメモを一度見ただけなのに、真澄が迷うことなく歩いていくので不思議に思ったらしい。

「え、ええ……うちの近所なんで……」

慌てて取り繕うが、全身の毛穴から汗がどっと噴き出した。

なにしろ、あのアパートには十二年も住んでいるのだ。たとえ目をつぶっていてもたどり着ける自信があった。

夏樹は落ち着かない様子でチラチラ視線を送ってくる。なにか言葉を交わしたほうがいいと思うが、緊張のあまり頭になにも浮かばない。真澄は顔をこわばらせたまま歩きつづけた。

「ごめんなさい……ご迷惑ですよね」

ふいに夏樹が申しわけなさげに頭をさげる。真澄がしゃべらないので、機嫌が悪いと思ったらしい。

「お、お気になさらずに……迷惑をかけてるのは俺のほうなんで」

「どういうことですか？」

「あっ、い、いいえ……ふ、深い意味はありません……は、ははは っ」

冷蔵庫を荒らしてしまったことを思い出して、ついよけいなことを口走ってしまった。慌てて乾いた笑いでごまかすと、彼女も釣られたように微笑を浮かべてくれた。

「おやさしいですね。わたしを笑わせようとしてくれたのでしょう」

夏樹が勘違いしてくれたので、あえてそのままにしておく。わざわざ訂正することはないだろう。

「夏樹さんって、いい人ですね」

名前を呼ばれるとややこしい。夏樹は彼女自身だ。それでも、見つめられるとドキリとした。

しばらくするとアパートが見えてきた。

その一角だけ薄暗く感じるほど薄汚れている。知らない人が見れば、まず廃屋だと思うだろう。それくらい年季の入ったアパートだった。

「これが……エンジェルハイツ」

夏樹が呆然とした様子でつぶやいた。

もとは白かったであろうアパートの外壁は黒っぽく変色している。そこにうっすらと「エンジェルハイツ」の文字が浮かんでいた。

「部屋に行きましょう。二階でしたね」

真澄が先に立って錆びだらけの外階段をあがっていく。

夏樹が落ち着くのを待ち、二、三日経ってから真実を告げるつもりだった。でも、本当にそれでいいのだろうか。

彼女は今、このボロアパートに住んでいたと思って愕然としている。散らかり放題の部屋に入れば、さらにショックは大きくなるはずだ。その状態で二、三日とはいえ、放っておいても大丈夫だろうか。

葛藤しているうちに、二階の廊下を一番奥まで行ったところにある自分の部屋の前に到着してしまった。

「ここ……ですか？」

背後から夏樹が尋ねてくる。アパートの外観を見ただけでも頰をこわばらせて、恐るおそるといった口調になっていた。

「ええ、ここです……あ、いや、ここみたいです」

表札は出ていないが、十二年住んだ自分の部屋を間違えるはずがない。ついきっぱりと言いきってしまい、冷や汗を浮かべて言い直す。恐るおそる隣を見やると、夏樹は「あっ」と小さな声を漏らした。

「鍵が……」

悲しげな声だった。

どうやら、鍵を持っていないことに気づいたらしい。おかげで真澄の不自然な言動は吹き飛んだ。

そもそもここは真澄の部屋なので、赤の他人である彼女が鍵を持っているはずがない。だが、このままだと夏樹は行き場をなくしてしまう。不安げな顔を見ていると放っておけなかった。

「そ、そうだ、予備の鍵が郵便ポストに入ってるかもしれませんよ。そういうことする人、よくいるじゃないですか。俺、ちょっと見てきます」

真澄はそう言うなり、彼女の横をすり抜けた。

早足で外階段の下にある集合ポストに向かうと、ブルゾンのポケットに入っていた鍵を握りしめる。そして、わざと大きな音を立ててポストの蓋を開閉すると、急いで部屋の前に戻った。

「ありました。やっぱり予備の鍵が隠してありましたよ」

「よかった……ありがとうございます」

鍵を差し出すと、夏樹はほっとした表情を浮かべた。そして、緊張ぎみに解錠すると玄関ドアを開けた。

とたんに埃くさい淀んだ空気が流れ出てくる。真澄は慣れているので平然としているが、夏樹はあからさまに眉根を寄せた。まるでお化け屋敷の入口か、未知の洞窟の前に立ったような顔だった。

「で、では、俺はこれで……」

これ以上いっしょにいるとボロが出てしまう。とにかく、真澄はこの場から立ち去ろうとするが、夏樹がブルゾンの袖をキュッと握ってきた。

「もう少しだけ、いっしょにいてもらえませんか?」

「い、いや、女性の部屋ですし……」

そう言って遠慮しようとするが、彼女は袖をつかんで離さなかった。

「お願いします。あと少しだけ……」

縋るような瞳を向けられると突き放せない。真澄は逡巡しながらも、彼女につづいて自分の部屋にあがりこんだ。

「じゃ、じゃあ、お邪魔します」

「なに、これ……」

夏樹は散らかった部屋を目にして立ちつくした。

真澄には見慣れた光景でも、はじめての人にとっては衝撃的なのだろう。しかも、記憶を失ってしまったことで、夏樹はここが自分の部屋だと思いこんでいるのだ。

「わたし……どんな生活をしていたのでしょうか」

ショックを受けて夏樹は涙ぐんでいる。なにしろ部屋の真ん中に敷かれた万年床の周囲は、足の踏み場もないほど物が散乱しているのだ。とても女性の部屋には見えなかった。

（本当は俺の部屋だからな……）

真澄は申しわけない気持ちになり、とにかく彼女をうながして万年床の上まで進んだ。

「わたし、けっこう男っぽいものが好きだったんですね」

足もとに落ちていたシャツやジーパンを拾いあげて、夏樹がポツリとつぶやいた。真澄は男としては小柄なほうなので、かろうじて彼女でも着ることができるサイズだった。

「とりあえず座りましょうか」

「は……はい」

呆然としている夏樹を座らせると、真澄も隣に腰をおろした。

「こんなところに住んでいたなんて……」

独りごとのようなつぶやきだった。そして、夏樹は近くに落ちていた転職情報誌を拾いあげた。

転職情報誌の間には書きかけの履歴書が挟まっている。彼女はそれをひろげてまじまじと見つめた。

「わたし、三十歳みたいです」

氏名欄に「高山真澄」と書かれた履歴書を、夏樹は自分のものだと思いこんでいる。記入されているのは真澄の経歴で、夏樹の本当の年齢は二十八歳だ。そこには勤めていた工場が倒産したことも書いてあった。

「仕事を探していたのでしょうか」

「そう……みたいですね」

なにか言わなければと思い、真澄は相づちを打った。

夏樹の瞳には涙が滲んでいる。すべては自分の責任だ。昨日、彼女のウエストポーチを拾ったとき、すぐに渡していればこんなことにはならなかった。真澄の胸は罪悪感で張り裂けそうになっていた。

夏樹はふらりと立ちあがり、部屋のなかをひととおり見てまわった。

現金はどこにもなく、残高数百円の預金通帳が出てきただけだ。冷蔵庫にもキッチンの棚にも食料のストックはいっさいない。もちろん、真澄は知っていることだが、驚いた顔をしなければならなかった。

夏樹が部屋の隅に置いてある段ボール箱を見つけた。

それは真澄が町工場の同僚から預かっていた荷物だ。このアパートに住んでいたのだが、町工場が倒産したことで田舎に帰ってしまった。その同僚と同棲していた恋人の荷物が入っていた。別れてしまったが、いつか彼女が取りに来るかもしれないので渡してくれと頼まれていたのだ。

「どうして、こんなところに……」

夏樹は段ボール箱のなかを確認して首をかしげた。

真澄はそこには下着や歯ブラシなどが入っていることを知っている。夏樹は自分のものだと思っているので、どうして段ボール箱にしまってあるのか不思議に思っているようだった。

「大変ですね」

再び隣に座った夏樹に声をかける。彼女はショックのあまり、顔から血の気が引いていた。

「自分の部屋に帰ったら記憶が戻るかもって、お医者さまもおっしゃっていたんです。でも、全然ピンと来なくて……」

それもそのはず、彼女がこの部屋に来るのははじめてだ。記憶につながるものなどあるはずがなかった。

「無職みたいだし、これからどうしたらいいのか……」

「そうだ。とりあえずバイクを売ったらどうですか」

思いつきだったが、我ながらいい提案ではないか。あの大型バイクなら、事故車でもそこそこの値がつきそうだ。

「そのお金で食いつないでいる間に、仕事を探せばいいじゃないですか」

「オートバイは廃車だそうです」

夏樹がぽつりとつぶやいた。

損傷が激しく、とてもではないが直して乗れる状態ではないという。すでにバイク屋に引き渡されており、レッカー代と廃車費用は使えるパーツ代で相殺されることになっていた。

「そうですか……」

それ以上かける言葉がなくなってしまう。真澄が黙りこむと、部屋のなかはシーンと静まり返った。

そのとき、窓のすぐ外にある線路を列車が猛スピードで走り抜けた。

凄まじい騒音が響き渡り、アパート全体がガタガタと激しく揺れる。いつものことだが、倒壊するのではないかと思うほどの振動だ。初体験の夏樹が怯えたように肩をすくませた。

「な……なんですか？」

「貨物列車が通過したんです。よく走ってるんですよ」

言った直後にまずいと思った。

はじめて来たアパートのはずなのに、そんなことまでわかるのは不自然だ。全身の毛穴から汗がどっと噴き出した。

「お、俺……好きなんですよ、電車とか」

とっさに鉄道ファンのフリをするが、彼女はそれどころではないようだ。すくませた黒い革ツナギの肩を小刻みに震わせていた。

「こ、怖い……怖いです」

涙まじりの声だった。

貨物列車のことを言っているわけではないだろう。夏樹は記憶を失って途方に暮れている。これからのことが不安でたまらないのだ。

「な、夏——」

夏樹さんと言いかけて、ぎりぎりのところで踏みとどまった。

「真澄……さん」

自分の名前を口にするのはおかしな気分だ。それでも、とにかく今は夏樹を慰めてあげたかった。

迷ったすえ、彼女の肩にそっと手をまわした。手のひらに触れる革のハードな感触とは裏腹に、女体はまだ小刻みに震えている。チラリと見やれば、視線は自然と革ツナギに包まれた乳房のふくらみに吸い寄せられた。

(ああっ、夏樹さん)

心のなかで呼びかける。申しわけないと思う一方で、ふいに愛おしさがこみあげた。

このか弱い女性を助けてあげたい。自分の生活もままならないくせに、そんな気持ちになってしまう。気づいたときには、肩にまわした手に力がこもり、ぐっと抱き寄せていた。

「あっ……」

夏樹は小さな声を漏らしたが、抗うことなく真澄の胸板に寄りかかった。黒髪が鼻先をかすめて、甘いシャンプーがふわりっと香った。

「す、すみません、つい……」

真澄は我に返り、慌てて離れようとする。ところが、今度は彼女のほうから身を寄せてきた。

「ひとりに……しないでください」

胸もとに寄りかかったまま、上目遣いに見つめてくる。

もしかしたら、誘っているのだろうか。夏樹は睫毛をそっと伏せると、まるで口づけを求めるように顔を少し上向かせた。

3

(い、いいのか……本当に……)

逡巡したのは一瞬だけだった。

夏樹ほど魅力的な女性にキスをねだられて、はねつけることはできない。真澄は彼女の肩を抱き寄せて唇を重ねていった。

「ンっ……」

女体を小さく震わせるが、夏樹はキスを受け入れてくれた。彼女は目を閉じたまま、唇を溶けそうなほど柔らかい唇の感触にうっとりする。

をゆっくり半開きにした。

(ああっ、夏樹さん)

さらに深い口づけを求めているに違いない。真澄はますます盛りあがり、遠慮がちに舌を伸ばすと彼女の口内に忍ばせた。

「はンっ」

舌先が触れ合うと、夏樹の唇から甘い吐息が溢れ出す。かぐわしい香りが興奮を誘い、真澄はさらに舌を深く差し入れた。

(俺のせいで、すみません)

心のなかで謝罪するほど、熱い気持ちがこみあげてくる。

彼女の舌をからめとり、唾液でヌルヌル滑らせながら吸いあげた。メープルシロップのように甘くてとろみがある。魅惑的な味わいに、頭の芯がジーンと痺れたようになってきた。

「なんだか、わたし……」

興奮しているのは夏樹も同じらしい。胸板にあてがっていた両手を少しずつずらして、真澄の首にまわしてきた。

「あふっ……はあンっ」

いつしか舌をしっかりからめたディープキスになっている。ふたりは粘膜がヌメる感触を楽しみながら、互いの唾液をすすり飲んだ。

（甘い……なんて甘いんだ）

真澄が夢中になって彼女の舌を吸いあげれば、夏樹も目の下を桜色に染めて吸い返してくれた。

「怖いんです……ひとりになりたくないです」

いったん唇を離すと、息がかかる距離で囁いてくる。見つめてくる瞳は涙を湛えて潤んでいた。

彼女は誰かに縋りたいだけだろう。きっと近くにいてくれれば誰でもいいのではないか。それでも、長年ひとり暮らしをしてきた真澄にとって、求められるのはうれしいことだった。

「俺がいっしょにいます。だから……だから大丈夫です」

口づけを交わしたことで、ますます感情移入してしまう。思わず熱く語りかけると、彼女の瞳から大粒の涙が溢れ出した。

「うれしい……」

そうつぶやいて再び首にしがみついてくる。そして、今度は夏樹のほうから唇を重ねてきた。

舌を伸ばしてきたかと思うと、真澄の唇を割って口内に差し入れる。歯茎や頬の内側をねちっこくしゃぶりまわして、さらには舌をからめとると猛烈に吸いあげてきた。

「はむンンっ」

「ううっ……おむううっ」

真澄は喉の奥で唸り、彼女の舌を吸い返す。そうしているうちに、キスはどんどん激しさを増していく。ふたりは顔を右に左に傾けては、執拗に互いの唾液を吸いつづけた。

「ああっ、すごく怖くて……そばにいてください」

夏樹が小声で語りかけてくる。

なにも思い出すことができずに心細くなっているのだろう。それは理解できるが、それにしても彼女の行動は大胆だ。首にまわしていた両手が真澄の後頭部に移動して、髪のなかに指を差し入れてきた。

髪を狂おしくかきまわして、より深く舌をからめてくる。

唾液の弾ける音が、朽ちはてそうなアパートの一室に響いていた。真澄がこの部屋を借りて十二年になるが、女性が足を踏み入れたことは一度もない。それなのに出会ったばかりの夏樹と濃厚な口づけを交わしていた。

（夏樹さんが、こんなに積極的だったなんて……）

気弱な印象だったが、もともとは革ツナギに身を包んでバイクに乗る行動的な女性だ。その性格がふとした瞬間に現れるのかもしれなかった。

本当に探偵だとしたら、気弱ではできない気がする。実際は勝ち気だったり男勝りだったり、ということもあり得るだろう。

「うむッ」

真澄はキスをしたまま、思わず喉の奥で唸った。

彼女の手がジーパンの股間に伸びてきたのだ。舌を吸われながら、すでに硬くなっているペニスをぶ厚い生地の上から撫でまわされた。快感が波紋のようにひろがり、体がビクッと反応してしまった。

「な、なにを……」

小声でつぶやくだけで、彼女の手を払いのけることはできない。そこを服ごしとはいえ撫でられたことで、ますます屹立して反り返った。ディープキスだけで男根は芯を通していた。

「はぁっ、もうこんなに……」

夏樹は唇を離すと、ため息まじりにつぶやいた。潤んだ瞳で見つめながら、真澄の股間をまさぐってくる。生地の上からねちっこく撫でまわしては、太幹をキュッと握ってくるのだ。ジーパンごしの刺激がもどかしくて、真澄は思わず腰をよじりまくった。

するとのズボンの指がベルトにかかって緩めはじめた。さらにジーパンのボタンをはずしてファスナーをさげていく。

「ちょ、ちょっと待って……」

とまどう声は完全に無視される。彼女はジーパンとボクサーブリーフをまとめてつかむと、一気に引きおろしてしまった。

「わっ!」

勃起したペニスが剝き出しになり、真澄は困惑の声を響かせた。

男根はこれでもかと屹立して、先端から透明な汁が滲み出している。亀頭はパンパンに張りつめており、まるで鎌首をもたげたコブラのようだ。太幹部分には稲妻状の血管が浮かびあがっていた。

「ああっ、素敵です」

夏樹がうっとりした表情で口走る。反り返った肉柱を見つめて、半開きの唇から熱い吐息を漏らしていた。

(さっきと全然違うじゃないか)

真澄は煎餅布団に胡座をかいた状態で動きをとめた。

別人かと思うほど表情も変わっている。一瞬、夏樹の記憶が戻ったのかと思ったが、瞳は膜がかかったようにぼんやりしていた。頭で考えるより先に、身体が勝手に動いているのではないか。

(本来、こういう人なんじゃ……これって、もしかして……)

記憶が戻る前兆かもしれない。このまま放っておけば、なにかを思い出すかもしれなかった。

夏樹の積極性が増していく。つい先ほどまで途方に暮れて涙していたのに、今は屹立したペニスを前にして微笑さえ浮かべていた。

白くてほっそりした指が、太く張りつめた肉棒に巻きついてくる。夏樹は真澄の目を見つめながら、やさしく握りしめてきた。そして、さっそくゆるゆるとしごきはじめた。

「ううっ……」

真澄の口から快楽の呻き声が溢れ出す。

亀頭の先端から流れているカウパー汁が彼女の指を濡らすが、構うことなく擦りあげてくる。ゆったりとした手つきで我慢汁を塗り伸ばされて、ヌルヌル滑るのがたまらない。由里子も上手かったが、夏樹のねちっこい愛撫は早くも真澄の性感を激しく揺さぶっていた。

(す、すごい……き、気持ちよすぎる)

瞬く間に快楽がひろがっていく。

絶妙な力加減でしごかれて、先走り液がとまらなくなる。かなりの経験を積んでいなければ、これほどの愛撫を施すことはできないだろう。

記憶を失う前は、奔放だったのかもしれない。

夏樹は事故で頭部に衝撃を受けたことで、自分や周囲の人に関する記憶を失った。しかし、言語や日常生活などについては覚えているという。もしかしたら、セックスのことも身体が記憶していたのではないか。

(どんな暮らしをしてたんだ？)

彼女の豪華なマンションを思い浮かべる。

あそこに男を連れこんでいたのだろうか。分譲なのか賃貸なのか、いずれにせよかなり高価な物件だ。あんなところに住めるのだから、かなり稼いでいたのは間違いなかった。

(探偵は探偵でも……)

やばい仕事を請け負う探偵なのかもしれない。警察には知られたくない案件を扱っているとすれば、報酬も高額になるのではないか。

(そうだとしたら、身体を張ることも……いや、さすがにそれは……)

真澄は思わず夏樹の顔を見おろした。

うっとりした表情でペニスをしごいている。手首を柔らかく返して、巻きつけた指でカリをやさしく擦りあげていた。

「こんなに硬くなってますよ。気持ちいいですか？」

「うっ……ううっ」

真澄は快楽の呻きを漏らしながらも、頭のなかは疑問でいっぱいだった。

先ほどまでとのギャップにとまどってしまう。なにもわからず怯えていたのに、今は男根をねちっこく擦っていた。

（なんでこんなに上手いんだ……うぅッ）

そのとき、快感電流が走り抜けて全身がビクンッと跳ねあがった。

己の股間を見おろせば、夏樹がぐっしょり濡れた亀頭を指先でこねくりまわしている。敏感な尿道口を人差し指の腹で集中的にくすぐっていた。我慢汁のヌメりを利用して、やさしく撫でているのだ。

「そ、そこは……うぅッ」

「ここが感じるのですね」

夏樹が耳もとで囁きながら、指先を亀頭に這いまわらせる。ときおり太幹をシコシコとしごきあげては、再び尿道口を責め立ててきた。

（こ、このままだと……）

確実に限界が近づいている。下腹部の奥で射精欲が急激にふくらみ、我慢汁の量が増えていた。

「わたしも、もう……」

ふいに夏樹がペニスから手を離してしまう。あと少しのところで快感が途切れて、屹立した男根が虚しく首を振った。

夏樹が隣でしどけなく横座りしたまま、細い指で革ツナギのファスナーをつまんでおろしはじめる。焦らすようにじりじりさげていくと、やがて乳房の谷間が見えてきた。

(おおっ……)

真澄は目を見開いて腹のなかで唸った。

無骨な革ツナギの隙間から、魅惑的な白い渓谷がのぞいている。しかも、ブラジャーをつけていないため、さらにファスナーを引きさげることで双つの乳房がタプンッと揺れながらまろび出た。

「うおっ、す、すごい」

今度は感動が口から漏れてしまう。

見事なまでに張りのあるふくらみを目の当たりにして、とてもではないが黙っていられなかった。

「下着は替えがなかったから……」

悩んだすえ、革ツナギを直接着ることにしたらしい。突然の入院なのでそれはわかるが、かなり刺激的な光景だった。

夏樹は目の下を桜色に染めながらファスナーをさげていく。すると愛らしい臍が現れて、さらには肉厚でふっくらした恥丘が見えてくる。パンティも穿いていないとは驚きだ。恥丘にそよぐ陰毛は黒々としており、きれいな小判形に整えられていた。

「そんなに見られたら……恥ずかしいです」

夏樹が頬を染めてうつむくが、それでもツナギをおろして脱ぎ去った。これで女体に纏っているものはなにもない。夏樹はすべてを露にすると、煎餅布団の上で四つん這いになった。

「なっ……」

真澄は思わず息を呑んだ。

目の前でむっちりした尻が高く掲げられているのだ。搗きたての餅を思わせる双臀が、まるで誘うように揺れている。背筋が軽く反り、くびれた腰がクネクネとくねっていた。

「後ろから……いいですか？」

遠慮がちに懇願してくる。夏樹はシーツに両手をついて振り返り、濡れた瞳で見つめてきた。

（記憶が戻ったわけじゃないよな……）

真澄はまじまじと彼女の瞳をのぞきこんだ。

するとな羞恥がこみあげてきたのか、夏樹は前を向いてしまう。だが、ヒップは左右にゆったり揺れていた。

まだ記憶は戻っていなくても、身体はなにかを思い出しかけているのではないか。だから、頭ではしきりに恥ずかしがっていても、こうして大胆に男を誘っているのかもしれない。

（夏樹さんが求めてるなら……）

真澄も欲望が限界近くまで昂っている。さらなる快楽を求めて、勃起したペニスの先端から我慢汁がトクトクと溢れていた。

「ほ、本当に、いいんですね」

上半身も裸になり、彼女の背後で膝立ちになる。両手で尻たぶをぐっと割り開けば、臀裂の奥からパールピンクの女陰が見えてきた。艶々と濡れ光っているのは愛蜜が溢れている証拠だ。

昨日の由里子も鮮やかな紅色で艶めかしかったが、夏樹の愛蜜に塗れて輝く女陰はさらに牡の欲望を刺激する。しかも、チーズにも似た香りが漂ってきて、嗅覚からも性感が煽られた。

（よ、よおし……）

肉棒の切っ先を女陰に押し当てる。とたんにニチャッという湿った音が聞こえて、彼女の尻たぶに震えが走った。

「あンンっ」

夏樹は甘い声を漏らすと、とまどった様子で振り返る。そして、小さく首を左右に振り立てた。

「こ、こんな格好……恥ずかしいです」

自分から求めておきながら、いざ挿入するとなると恥ずかしがる。しかも片手を伸ばして、真澄の腰を押し返そうとしてきた。

「もう我慢できません……ふんんっ」

そのまま亀頭を泥濘に沈みこませる。二枚の陰唇を押し開き、巨大な肉の実を膣口に挿入した。

「ああァッ、ダ、ダメですっ」

喘ぎ声を放つが、夏樹は抗議するような瞳を向けてくる、眉を困ったような八の字に歪めて、下唇をキュッと小さく噛みしめた。

「これが欲しかったんじゃないんですか？」

さらに腰を送りこみ、男根を押し進めていく。彼女のなかは、たっぷりの華蜜を湛えて蕩けきっている。亀頭が媚肉を掻きわけて、いとも簡単に深い場所まで到達した。

「そ、そんな……はあァッ」

「くううッ、全部入りましたよ」

真澄の腰と夏樹の尻が密着している。反り返ったペニスは、すべて蜜壺のなかに収まった。

「こ、こんなに奥まで……ああッ」

夏樹はとまどいの声を漏らして前を向いた。

まだ挿入しただけなのに、女体は歓喜に悶えている。とくに尻たぶは力んでおり、ぶるるっと小刻みに痙攣していた。膣道はうねうねと波打ち、太幹を食いしめてくる。成熟した女体は確実に反応していた。

やはり身体はセックスのことを覚えている。頭では恥じらっていても、女体は快楽を記憶しているのだろう。言葉とは裏腹に、女壺は男根をしっかり締めつけて、奥へ奥へと引きこんでいた。

「こ、これはすごい……」

膣襞が亀頭の表面を這いまわり、膣口が竿のつけ根を締めつける。とたんに快楽が湧きあがって新たな我慢汁が溢れ出す。真澄は両手でくびれた腰をつかむと、快感にまかせて腰を振りはじめた。

「ま、待ってください……あッ……あッ……」

夏樹がすぐに喘ぎ声を振りまき、自ら尻を突き出してくる。膣も歓迎するように反応して、膣襞がしっかり太幹にからみついていた。

「ううッ、き、気持ちいいっ」

媚肉の感触は格別で、快楽の呻き声がとまらなくなる。自然と抽送速度があがり、ペニスを力強く抜き差しした。

「ああッ、は、激しい、あああッ、激しいですっ」

ピストンに合わせて、四つん這いになった女体が前後に揺れる。やがて、夏樹は身体を支えられなくなり、万年床に突っ伏した。

シーツに片頬を押しつけて、尻を高く掲げた格好だ。背中が滑らかな曲線を描いて反り返り、むっちりした双臀へとつづいている。ヒップを突きあげる格好なので、尻の穴までまる見えになっていた。

「すごいやらしい格好になってますよ」

「だ、だって、こんなに激しくされたら……」

夏樹は抗議するようにつぶやくが、それでも膣はしっかり男根を食いしめている。濡れ襞も亀頭にまとわりつき、カリの裏側にまで入りこんできた。

「ううぅッ、か、からみついてくるっ」

快感が高まるほどにピストンが加速する。腰を連続で打ちつけるたび、尻たぶがパンパンという乾いた音を響かせた。

「あンッ、久しぶりだから……ああンッ、そんなに奥ばっかり」

亀頭が深い場所を突くと、剝き出しの尻穴がキュッとすぼまる。それと同時に膣も思いきり収縮した。

「くうぅッ、奥が好きなんですね」

またしても射精欲がこみあげる。手コキで充分高まっていたので、すぐに限界が近づいてしまう。もうこれ以上は耐えられない。真澄は奥歯を強く嚙み、さらにペースをあげて腰を振りまくった。

「ああッ、い、いいっ、奥がいいですっ、あああッ」

夏樹の唇から感極まったような声が振りまかれる。尻を突き出して腰をくねらせながら、両手でシーツを強くつかんだ。

「はああッ、すごいっ、こんなにすごいのはじめてですっ」

夏樹は「はじめて」と口走るが、記憶が戻った様子はない。無意識のうちに発した言葉のようだった。

「お、俺もですっ、くおおおッ」

絶頂の大波が轟音を響かせながら押し寄せてくる。真澄は全力で腰を振り、屹立したペニスを奥の奥までたたきこんだ。

「も、もう、ああッ、イ、イクっ、イキますっ、あああッ、イクううッ!」

ついに夏樹があられもない声をあげて女体を震わせる。尻を思いきり突き出した状態で、背中がググッと反り返った。

「くおおッ、お、俺も、もうっ」

真澄は彼女の背中に覆いかぶさり、たっぷりした乳房を揉みしだく。それと同時に、雄叫びをあげながら膣奥に埋めこんだペニスを脈動させた。

「おおおおッ、おおおおおおおッ!」

大量の白濁液が尿道を高速で駆け抜ける。凄まじい快感が全身にひろがり、頭のなかが燃えるように赤くなった。

根元までしっかりつながった状態で昇りつめる。全身を小刻みに震わせて、目も眩むような絶頂を堪能した。睾丸のなかが空になるまで、ザーメンを一滴残らず注ぎこんだ。

六畳間に男と女の匂いが充満している。汗と体液がまざり合い、なんとも淫靡な香りになっていた。

ふたりは折り重なるようにして煎餅布団に倒れこんだ。

絶頂の余韻が濃く漂っている。どちらも口を開かず、ハアハアという乱れた呼吸の音だけが聞こえていた。

いつしか窓の外が茜色になっている。

日が傾いていることに気づいて、真澄は心地よい疲労が残っている体を無理やり起こした。脱ぎ散らかしていた服を身に着けていくと、夏樹は毛布を裸体に巻きつけた。

「行ってしまうのですね」

淋しげな声だった。

「はい……」

後ろ髪引かれる思いで、真澄はこっくりうなずいた。

このままいっしょにいたいが、そんなことをすればボロが出る。とにかく、彼女の記憶が戻る前に仕事を探して、自活できる状態になってから罪を告白するつもりだ。許してもらえるかどうかはわからない。それでも心をこめて謝罪すると決めていた。

「親切にしていただいて、ありがとうございます」

夏樹の瞳には涙が滲んでいる。セックスで乱れていた姿が嘘のように、またしても不安げな顔になっていた。

「じゃあ……また……」

真澄は思わずもらい泣きしそうになり、逃げるように玄関へと向かった。顔を見ると帰れなくなりそうで、振り返ることなく外に飛び出した。

第三章　開業医の妻と

1

翌朝、真澄はクイーンサイズのベッドで目を覚ました。マットはぶ厚くふわふわしており最高の寝心地だ。空気清浄機とエアコンで快適な室温と湿度が保たれている。遮光カーテンが朝日を完全に遮断して、もちろん列車の騒音も振動も皆無だった。

眠るには最高の環境だ。それなのに一度目が覚めると落ち着かなかった。

夏樹のことが気になって仕方ない。別れぎわに彼女が見せた不安げな表情が頭から離れなかった。

ここは夏樹のマンションだ。どこにも行き先がなくて、結局ここに泊まるしかなかった。

昨日は自分のアパートを出てから本屋に立ち寄り、求人誌を片っ端から立ち読みした。どこかに履歴書を出すつもりだったが、いざとなると少しでも条件のいいところと思って決められなかった。

気づくと暗くなっていたので、夏樹のマンションに向かうことにした。

前回はリビングとキッチンしか見ていなかったので、寝室に入るのははじめてだった。中央にクイーンサイズのベッドがあり、その横には鏡台がある。口紅やマニキュアなどが出ていたので、最初に寝室を見ていれば、夏樹が女性だと気づいたかもしれない。

真澄の部屋にあるのは、あの段ボール箱以外は男の物ばかりだ。とくにボクサーブリーフなどの下着を見たとき、夏樹はどう思うだろうか。

(なんか、おかしなことになったな……)

少し休むつもりでベッドに横たわると、そのまま意識が闇に呑みこまれた。いろいろありすぎて疲労が蓄積していたらしい。まるでスイッチが切れたように眠ってしまった。

（それにしても、夏樹さんすごかったな）

うとうとしながらも、頭の片隅で夏樹のことを思っている。まだペニスには彼女の膣の感触が残っていた。

蕩けそうなほど柔らかいのに、締めつけは強烈だった。あの熱い媚肉がもたらしてくれた快感が忘れられない。肌はどこもかしこも滑らかで、とくに乳房の適度な弾力と柔らかさに惹きつけられた。

夏樹は激しく乱れて腰を振りまくった。まるで別人のように淫らな声を振りまき、積極的にペニスを貪っていた。

あれが本来の彼女の姿なのかもしれない。記憶はなくても、身体が快感を覚えていて自然と反応したのではないか。

（あっ……でも、あのとき……）

ふと昨日の行為中のことを思い出す。

――久しぶりだから。

――こんなにすごいのはじめて。

感極まった夏樹はそんな台詞を口走っていた。

記憶が戻ったわけではなく、無意識のうちに言葉が溢れたようだった。セックスの快楽が、閉じこめられている記憶を刺激したのかもしれない。しかし、そのあとの夏樹は、もとの気弱な女性に戻っていた。

(それなら、セックスをしまくれば……)

快感が刺激となって、記憶が戻るのではないか。でも、とにかく今は自分の仕事を見つけることが先決だった。

今日はハローワークに行って仕事を探すつもりだ。でも、その前に腹ごしらえをしたかった。

真澄はベッドから這い出ると、キッチンに向かって冷蔵庫を開けた。生卵を見つけたので目玉焼きを作ることにする。ところが、コンロはガスではなくＩＨだった。

(これ、どうやって使うんだ?)

はじめて見るＩＨコンロにとまどうが、なんとか目玉焼きが完成した。贅沢に卵を四個も使ってしまった。

皿を持ってリビングに移動すると、ソファに腰かけて大画面のテレビをオンにする。まるで映画館にいるような感動を覚えながら、目玉焼きに塩をかけて貪り食った。

「ふぅっ、食った食った」

ソファの背もたれに寄りかかると、天井から吊られているシャンデリアが目に入る。まるで宝石を寄せ集めたように煌びやかだった。

当たり前だが、なにからなにまで真澄の部屋とは違っている。今は勤めていた工場が倒産して無職だが、真面目にコツコツ働いてきた。それなのに、どうしてこんなに差があるのだろう。

(なんだかなぁ……)

人生の理不尽さを感じて、思わずため息が溢れ出た。

このまま夏樹と入れ替わってしまいたい。だが、そんなことができるはずもない。そもそも彼女の仕事が今ひとつわかっていなかった。

(本当に探偵なのか?)

真澄はシャンデリアを見つめたまま、あらためて考えた。

最初は由里子が人捜しを頼んでいたことを知り、夏樹の仕事は探偵かもしれないと思った。しかし、探偵というのは、こんなマンションに住めるほど儲かるものなのだろうか。なにかしっくり来なかった。

(そんなことより、自分の仕事をなんとかしないとな)

そろそろハローワークに向かおうと思う。サイドテーブルに置いてある時計を見やると、もうすぐ昼の十二時になるところだった。

「あっ……」

時計の隣に固定電話があり、赤いランプが灯っていた。留守電に新しいメッセージが録音されていることを示すランプだ。

興味本位で再生ボタンを押してみる。すると、すぐにスピーカーから録音されたメッセージが流れはじめた。

『黒岩(くろいわ)です。遺体の一部でもいいので残っていませんか。あればこちらで引き取りたいのですが』

やけにドスの利いた男の声だった。内緒話をするように声を潜めている。しかし、そんなことより内容のほうが気になった。

(遺体……今、遺体って言ったよな?)

いったいどういうことだろう。

留守電を聞いたことで、赤いランプが消灯した。今のが最後に録音されたメッセージで、まだ一度も再生されていなかったことになる。つまり夏樹は聞いていないのだ。録音された日時を確認すると、夏樹が事故に遭う少し前だった。

気になって録音されたメッセージをさかのぼって再生した。

『黒岩です。じつはまずいことになりまして、あの遺体、やっぱりこっちで処分させていただきたい。大至急連絡をください』

切羽つまった声だった。最新のものと同じ、黒岩という男だ。声の感じは中年のようだった。

さらにもうひとつさかのぼって再生ボタンを押した。

『黒岩です。遺体の処分はどうなりましたか。ご連絡お待ちしております』

やはり黒岩だ。なにやら焦っている感じだった。

さらにメッセージをさかのぼろうとするが、それより以前のものは消去されていた。

(なんだ……これ?)

頬の筋肉がひきつっていく。三つのメッセージをまとめると、やばい話が浮かびあがってきた。

黒岩という男が、夏樹に遺体の処分を依頼した。ところが、まずいことが起こり、やはり遺体を引き取りたいと申し出た。しかし、遺体はすでに処分されていたため、せめて一部でも残っていないかとメッセージを吹きこんだ。

（遺体の処分って……）

ドスの利いた黒岩の声が頭のなかで響いている。どう考えても堅気の人間とは思えなかった。

なにかおかしい。夏樹はただの探偵ではなく、裏の仕事を請け負っているのではないか。

黒岩という男は殺し屋かもしれない。だが、彼は殺すことが専門で、その遺体の処分を夏樹に依頼している。そう仮定すると辻褄が合う。いずれにせよ、遺体を扱っているのは確かだ。危険な仕事であることに変わりはなかった。

（あの夏樹さんが……）

彼女の顔を脳裏に思い浮かべる。

革ツナギ姿はクールな雰囲気の美女だが、記憶を失っている今は、か弱くて儚げな女性だ。しかし、以前の夏樹はまったく違っていたのかもしれない。殺し屋から依頼されて、遺体を秘密裡に処分していたのではないか。

本当にそうだとすると、危ない女性と関係を持ったことになる。いや、まだそうと決まったわけではない。なにか決定的な証拠はないかとリビングのなかを見まわした。

とくに変わったものは見当たらないが、まだ入っていない部屋があったことを思い出す。寝室の隣にもうひとつドアがあった。きっとあそこは仕事部屋に違いない。

（あの部屋に行けば……）

真澄はリビングを出ると、意を決してその部屋のドアを開けた。恐るおそる足を踏み入れる。その直後、真澄は思わず眉間に縦皺を刻みこんでいた。

（なっ……なんだ、これ？）

部屋の奥に大きな檻があった。高さは一メートルほどだが、腰をかがめれば人間が優に入れるサイズだ。革製の首輪やチェーン、南京錠なども置いてあった。これは人を監禁するためのものではないか。

（どうして、こんなものが……）

疑念が深まり、恐ろしい考えが頭のなかにひろがっていく。遺体を処分するだけではなく、生きている人間を捕らえることもあるのかもしれない。

（まさか、夏樹さんも人殺しを……）

信じられないが、記憶を失う前の夏樹がどんな性格なのかわからない。今とは正反対の冷酷な人間かもしれなかった。

だが、その一方で普通の人捜しも行っているようだ。由里子は行方不明になった息子の捜索を涙ながらに訴えていた。それを考えると、ますます夏樹の仕事がわからなくなってしまう。

いずれにせよ、遺体の処分を請け負っていたのは間違いない。表向きは普通の探偵だが、裏でやばい仕事をしているのではないか。知ってはいけないことを知ってしまった気がして腰から下に震えが走った。

檻の隣にはデスクがあり、ノートパソコンが置いてある。壁にかかっているカレンダーの日付には、ところどころ丸印がついていた。どういう意味があるのかはわからないが、今日の日付も丸で囲ってあった。

さらにデスクの横には、プラスティック製のケースがたくさん積みあげられていた。仕事の道具が入っているのかもしれないが、もう怖くてなかを見る勇気はなかった。

（このままだと、俺……）

身の危険を感じた。

これ以上、夏樹にかかわらないほうがいい。もうここにも来ないほうがいいだろう。

ピンポーン――。

インターホンのチャイムが鳴ってドキリとした。

一昨日、由里子が尋ねてきたときのことを思い出す。真澄は急いでリビングに戻ると、壁に取りつけられているインターホンのパネルをのぞきこんだ。

(由里子さんじゃない)

インターホンの液晶画面に映っているのは見知らぬ女性だった。

赤いコートを羽織り、明るい色のふんわりした髪を肩に垂らしている。切れ長の瞳が涼しげな三十代半ばくらいの美女だった。

由里子だったら強引に入りこんでくる可能性もあるが、違うので居留守を使うことにする。とにかく、できるだけかかわるべきではない。面倒なことに巻きこまれたくなかった。

ところが、再びインターホンが鳴らされた。

その女性は夏樹が在宅していることを確信しているのか、インターホンのカメラをまっすぐ見つめてくる。自分が画面ごしに見られていると、わかっているようだった。

（なんなんだ、この人……あっ）

仕事部屋の壁にかかっていたカレンダーを思い出す。今日の日付に丸印がつけられていた。

あれは来客があることを意味しているのかもしれない。そういえば、由里子が来た日にも丸がついていた。

事前に会う約束をしていたとなると、話はまったく違ってくる。この女性が何者かはわからない。だが、もし「黒岩」の使いだったりしたら、無視するとやばいことになりそうだ。なにしろ遺体の処分を依頼するような男なのだ。

（会うしかないか……）

なにやら面倒なことになってきた。

由里子のときのように、夏樹と初対面ならごまかすこともできるだろう。適当に話を合わせて追い返すつもりだ。しかし、すでに夏樹と面識があった場合は、より応対がむずかしくなる。夏樹は急用で出かけたことにして、真澄は助手のフリでもするしかなかった。

三度インターホンが鳴ったとき、真澄は意を決して通話ボタンを押した。

「はい……」

緊張ぎみに応答する。その直後、液晶画面に映っている女性は、カメラにぐっと顔を近づけた。

「三佐川(みさがわ)です。一時にお会いする約束でしたよね」

すぐに応答がなかったことでむっとしている。しかし、こちらの声が男だったことに関しては、不思議に思っていないようだった。

（初対面かもしれないな……）

それなら、由里子のときと同じように夏樹のフリをするのがいいだろう。成功例があるので、それがもっともやりやすかった。

「早く開けてください」

三佐川と名乗った女性が急かしてくる。真澄は慌てて解錠ボタンを押して語りかけた。

「ど、どうぞ、お入りください」

一気に緊張感が高まっていく。彼女はどんな用件で訪ねてきたのだろう。やばい仕事ではないことを祈るが、話してみないとわからない。こうなってしまった以上、なんとかやりすごすしかなかった。

2

真澄はコーヒーカップをふたつ、トレーに乗せてリビングに運んだ。

「お、お待たせしました」

震える指でカップをテーブルに置くと、真澄はひとりがけのソファに腰をおろした。

三佐川と名乗った女性は、三人がけのソファの真ん中に座っていた。

赤いコートを脱いで、ソファの背もたれにかけている。黒いノースリーブのワンピースになり、スラリとした脚を組んでいた。

スカートの裾がずりあがり、黒いストッキングに包まれた太腿がなかほどまでのぞいている。むっちりとして肉づきがよく、気を抜くと視線が吸い寄せられそうだった。

「あなたが明智夏樹さん？」

値踏みするような視線を送ってくる。全身を舐めまわすように見られて、あまりいい気はしなかった。

「は、はい……明智です」

やはり夏樹とは面識がないらしい。真澄は平静を装って返事をした。すると彼女は微かに首をひねった。

「その格好はなに？」

そう言われて、真澄は自分の服を見おろした。

着古したトレーナーにジーパンといういつもの格好だ。服に興味がないので今まで気づかなかったが、この豪華なマンションには不釣り合いだった。

「仕事中だったなら仕方ないけど、来客があるってわかってるんだから、もう少しちゃんとしてもらいたいわ」

「す、すみません」

真澄はとっさに話を合わせて頭をさげた。

どうやら仕事中だと勘違いしてくれたらしい。この服を作業着と思ったのだろう。ということは、夏樹は汚れる作業をするということだ。

(まさか、遺体の処分……)

恐ろしい映像が頭に浮かび、背筋がゾクッと寒くなった。

それを知っているのなら、この女性は表向きの探偵の依頼者ではなく、裏稼業の顧客ということになる。セレブ然とした婦人だが、いったいなにを依頼したのだろうか。

「え、えっと、三佐川さん……でしたよね」

真澄は言葉を選んで慎重に切り出した。

まずは彼女が何者なのかを知らなければならない。なにしろ、わかっているのは苗字だけだ。夏樹の仕事部屋に行ってみたが、客に関する資料はなにも見当たらなかった。

「まさか、わたしの名前がわからないの？」

「い、いえ……」

いきなり鋭く切りこまれて、真澄は慌てて背筋をピンッと伸ばした。

「もしかして、一時に会う約束も忘れていたわけではないでしょうね」

「そ、それは大丈夫です。カレンダーに印をつけてありますから」

印をつけたのは夏樹だが、日付がしっかり丸で囲ってある。万が一カレンダーを見せろと言われたら、すぐに持ってくるつもりだ。

「じゃあ、わたしの依頼内容を言ってみて」

「そ、それは……」

またしても突っこまれて、しどろもどろになってしまう。苗字も彼女が名乗ってくれたからわかっただけだ。依頼内容など検討もつかなかった。

「メールを送ったでしょう。そこにすべて書いたのに読んでないの？」

呆れたような言い方だ。実際、彼女は見くだすような瞳を向けると、大きなため息を漏らした。

やはりメールでやり取りしていたらしい。由里子のときと同じだ。だから、夏樹の顔を知らないのだ。

「よ、読みました。で、でも……」

もちろん、本当は読んでいない。この場をどう言って切り抜けるべきか、それを必死に考えていた。

「い、今、ちょうど依頼のメールが多くて……」

「内容を忘れたってわけね」

いよいよ怒りが爆発すると思って肩をすくめる。ところが、意外にも彼女は仕方ないといった感じでうなずいた。

「確かに、他の依頼と比べたら、やりがいはないかもしれないわね。でも、うちの子の命がかかってるのよ」

子供の命にかかわるとは、いったいどんな依頼だろうか。下手に相づちを打つとドツボにはまりそうなので、真澄はあえてなにも反応せずに黙りこんだ。

「メールの内容を完全に忘れてるみたいね。しっかりやってもらわないと困るから、念のため口頭で説明しておくわ」

彼女は抑えた口調で話しはじめた。

三佐川亜理紗（ありさ）、三十六歳。はじめてメールを出したのは、二週間ほど前だという。夏樹と何度かメールのやり取りをして、すでに契約は成立していた。

「依頼内容は千春（ちはる）を買い取ってくれる相手を探すこと。思い出した?」

「え……ええ……」

懸命に感情を抑えて返事をするが、全身の毛穴が開いて汗がどっと噴き出すのがわかった。胸のうちでは、いやな予感が渦巻いている。表情を変えないように気をつけるが、とてもではないが落ち着いていられなかった。

(買い取るって……まさか人身売買じゃないだろうな)

夏樹はそんな仕事までしていたというのか。にわかには信じられないが、ただの探偵ではないと思っていた。

もし人身売買だとしたら、千春というのは実の子ではないのだろう。養子だとしても戸籍に載るので、容易に売り買いなどできないはずだ。もしかしたら、戸籍すら持たない子供なのかもしれない。

「あの……千春ちゃんの戸籍は？」

どうしても気になり、思いきって尋ねてみる。すると、亜理紗は呆れたような顔をして鼻で笑った。

「そんなものあるわけないじゃない。あなたプロでしょ。素人みたいなこと言わないでくださる？」

「す……すみません」

怒りがこみあげるが、必死に抑えこんだ。

子供を売り買いするなど許せない。警察に通報するべきだが、その前に情報を収集したほうがいいだろう。かかわりたくないが、子供を見殺しにすることはできなかった。

「ちなみに、千春ちゃんはどちらで買われたのですか？」

「そんなの知らないわ。買ってきたのは夫だもの」

亜理紗は目をそむけることなくつぶやいた。

やはり簡単には教えてくれそうにない。なにしろ人身売買の裏ルートだ。口が固くなるのは当然のことだった。

「買ったところで引き取ってもらえないのですか？」

「千春はもう大きくなってしまったから需要がないわ」

亜理紗はそう言うが、まだ子供に違いない。千春の年齢を知りたいが、尋ねる勇気はなかった。

「どうして……」

あまりにもひどすぎる。真澄は平常心を保つのに必死だった。

「夫は開業医なの。毎日、疲れきって帰ってくるんだけど、千春がいればストレス解消ができると思ったみたい」

「千春ちゃんでストレス解消……ですか」

「言い方が悪かったわ。千春だって楽しんでたのよ」

信じられない言葉だった。

亜理紗は夫の卑劣な行為を見て見ぬ振りをしてきたに違いない。きっと開業医の妻という立場を守りたかったのだろう。だから、夫がなにをしているのか知っていながら目をつぶってきたのだ。

「でも、夫はもう飽きたみたいで……このままだと処分することになるから、誰かに買い取ってもらいたいのよ」

亜理紗は平然と言ってのけた。

処分とは殺すということに違いない。そんな言葉を口にできる神経が知れなかった。

(なんて恐ろしい夫婦なんだ)

真澄は思わず奥歯をギリッと噛んだ。

今、聞いた話から察するに、どうやら夫は千春を処分することも考えているらしい。だが、亜理紗は殺すのが忍びないので、買い手を探してほしいと依頼してきたのだろう。

いずれにせよ、千春は三佐川家で邪魔者扱いされている。いつ殺されてもおかしくない状況だった。

(これは慎重にいかないと……)

下手に警察に通報すれば、夫は慌てて千春を処分して証拠隠滅を図るかもしれない。そんな最悪の事態だけは、なんとしても避けたかった。

「わかりました。責任を持って千春ちゃんを可愛がってくれる人を探します」

乗りかかった船だ。殺されるかもしれない千春を放ってはおけない。とにかく無事に助け出すことが先決だった。

「今度、千春ちゃんに会わせてもらえませんか。そのほうが、相手にイメージを伝えやすいので」

一か八か切り出してみる。もし会うことができたら、そのまま助けられるかもしれなかった。

「ええ、そうね」

先ほどまで饒舌だったのに、なぜか亜理紗は視線を落としてつぶやいた。

もしかしたら、こちらの意図がバレたのだろうか。そうだとすると、千春の命が危険にさらされることになる。

(焦りすぎたか……)

額にじんわりと汗が滲んだ。

亜理紗の表情から心理を見抜こうとする。すると、彼女は困惑した様子で見つめ返してきた。

「そんなににらまないでよ。わたしだって千春を助けたいから、あなたに依頼したんじゃない」

別ににらんでいるつもりはないが、亜理紗はそう取ったらしい。やはり後ろめたい気持ちがあるに違いなかった。

「買い取ってくれなくてもいいの。無料でも引き取ってもらえるなら、仲介料は全部うちが出すわ」

亜理紗がゆらりと立ちあがる。そして、テーブルをテレビの前に押しやり、スペースを作った。

「サービスするから、よろしくね」

瞼を半分落として意味深に囁くと、両手を背中にまわしてワンピースのファスナーをおろしはじめた。

3

「な……なにをしてるんですか？」

真澄は呆気に取られて、思わずとまどいの声を漏らした。

「夫とは、もうずっとないの……」

亜理紗の声は消え入りそうだった。

どうやら夫婦の夜の生活がないらしい。夫は千春に夢中だったのだろう。しかし、セックスレスだったとしても、亜理紗がいきなり服を脱ぎはじめる理由がわからなかった。

「誤解しないでね。こんなことするのは千春のためよ」

もしかしたら、亜理紗なりに千春のことを可愛がっていたのかもしれない。言葉の端々から真剣な想いが伝わってきた。

亜理紗がためらったのは一瞬だけだった。

ワンピースをおろすと、黒いレースのブラジャーが見えてくる。しかも、ハーフカップの色っぽいデザインだ。たっぷりとしたふくらみを包みこんでおり、乳房の谷間が強調されていた。

「よく見て……好きにしていいのよ」

亜理紗は妖しげな微笑を浮かべると、腰をくねらせながらワンピースをおろしていく。やがてブラジャーとセットの黒いレースのパンティと、ガーターベルトで吊られたセパレートタイプのストッキングが見えてきた。

「おおっ……」

真澄は思わず唸り、前のめりになった。

三十六歳の熟れた女体をセクシーなランジェリーが彩っている。全体的にむっちりして、夏樹や由里子よりも肉づきがいい。見るからに抱き心地がよさそうな女体だった。

「明智くんが若くてよかったわ」

亜理紗は真澄のことを「明智くん」と呼んだ。

明智夏樹だと思いこんでいるので不思議ではないが、そう呼ばれるのははじめてなのでピンと来なかった。

「俺、三十ですけど……」

「夫はもう四十すぎだもの。三十なら充分若いわ」

熱い眼差しで見つめてくると、亜理紗は腰を悩ましくくねらせた。

「ねえ、明智くんも脱いで」

「こんなことしなくても、仕事ならちゃんと――」

「女に恥をかかせないで」

真澄の声は亜理紗の言葉に掻き消されてしまう。

(機嫌を損ねるのもまずいしな)

依頼を取りさげられたら元も子もない。なんとかして千春と会う方向に持っていきたい。そのためには、おとなしく彼女に従ったほうがいいだろう。

真澄はソファから立ちあがると、まずはトレーナーを脱ぎ、さらにジーパンもおろしていく。ボクサーブリーフ一枚になるが、亜理紗は瞳で脱ぐようにうながしてきた。

(これもかよ)

さすがに恥ずかしいが千春を助けるためだ。真澄はボクサーブリーフを一気に引きおろして脚から抜き取った。

垂れさがったペニスが剝き出しになる。手で隠したくなるが、そんなことをするとよけいに恥ずかしくなりそうだ。あえて剝き出しのまま、彼女の顔をじっと見つめた。

「思いきりがいいじゃない」

亜理紗は満足げにつぶやくと、両手を背中にまわしてホックをはずす。そして、照れ笑いを浮かべながら、ブラジャーをそっとずらした。

まるみを帯びた双つの乳房が露になる。自らの重みで下膨れしており、彼女が身じろぎするたびにタプタプ揺れた。ふくらみの頂点には濃い紅色をした乳首がある。すでに充血して屹立しているのがわかった。

（これは、なかなか……）

張りは夏樹や由里子のほうがあるが、サイズは亜理紗に軍配があがる。左右に揺れる様は圧巻だった。

パンティにも指をかけると、焦れるほど時間をかけておろしていく。少しずつ恥丘が見えてきて、ついには逆三角形に手入れされた漆黒の陰毛がふわっと溢れ出した。

つま先からパンティを抜き取ると、亜理紗が身に着けているのはガーターベルトとセパレートタイプのストッキングだけになった。

（なんて色っぽいんだ……）

真澄は思わず生唾を飲みこんだ。

すると喉がゴクリと鳴ってしまう。とたんに顔が燃えるように熱くなり、鏡を見なくても赤くなっているのがわかった。

「フフッ……もっと見たいでしょう？」

亜理紗が挑発的に囁いてくる。

真澄はうなずきかけるが、彼女のペースに乗せられまいとギリギリのところで踏ん張った。だが、視線をそらすことはできない。たっぷりした乳房と陰毛がそよいでいる恥丘を交互に見つめていた。

「我慢しなくてもいいのよ。じゃあ、ここで横になってもらえるかしら」

穏やかな声で亜理紗が語りかけてくる。

迷ったのは一瞬だけだった。真澄はうながされるまま、絨毯の上で仰向けになっていた。

（なにをするつもりだ？）

どうしても期待が胸にひろがってしまう。

真上にはシャンデリアがあり、煌びやかな光を放っていた。ふいに視界が暗くなる。亜理紗が逆向きになって覆いかぶさったのだ。真澄の顔をまたいで、ペニスに顔を寄せる大胆な格好だった。

（こ、これって、シックスナインじゃないか！）

思わず心のなかで叫んだ。由里子とも夏樹ともしていないシックスナインの体勢だった。

目の前に亜理紗の股間が迫っている。熟れた人妻の陰唇は赤々として、いかにも経験を積んでいるという感じだ。二枚の陰唇は少し伸びており、ビラビラしているのが淫らだった。

「明智くんのこれ、大きくなってきたわよ」

亜理紗の指がペニスの根元に巻きついてくる。そのときはじめて、勃起していることに気がついた。

「うぅッ」

軽く触れられただけなのに、呻き声が溢れ出す。人妻の女陰を目の当たりにしたことで、牡の欲望に火がついていた。

「どんどん硬くなってくるわ」

竿にまわした指で締めつけたり緩めたりをくり返す。それだけでも刺激的なのに、亜理紗は亀頭をぱっくり咥えこんできた。

「おおおッ、あ、亜理紗さんっ」

思わず彼女の名前を呼び、押し寄せてきた快楽に腰を震わせる。亀頭に熱い吐息を吹きかけられて、それと同時に竿を唇で締めつけられた。

さらなる快感がひろがり、全身の血液が股間に流れこんでいく。男根がミシミシと音を立てて、人妻の口内でそそり勃っていくのがわかる。勃起するほどに感度があがり、彼女の唇の感触が生々しく伝わってきた。

「あふンっ、すごく硬い」

亜理紗がいったんペニスを吐き出した。そして、根元を指でシコシコしながらつぶやくと、再び亀頭をぱっくり咥えこむ。柔らかい唇がカリ首に密着して、唾液を乗せた舌が先端を舐めまわしてきた。

「くううッ、す、すごい」

あっという間に快感が膨張していく。真澄は両手をまわしこんで彼女の尻たぶをつかむと、本能のまま目の前の女陰にむしゃぶりついた。

「はううッ、い、いきなり……」

亜理紗はペニスを口に含んだまままつぶやき、たまらなそうに腰をよじった。

「もう濡れてるじゃないですか」

舌先を女陰の狭間に差し入れると、とたんに果汁が溢れてくる。真澄はすかさず唇を密着させて、人妻のエキスをすすりあげた。

「うむうううッ」

磯のような香りがひろがり、女体がビクビクと震えはじめる。女陰をしゃぶられて感じているのは間違いない。それなら遠慮する必要はないと、さらに膣口を吸引した。

「ああッ、そ、そんなに吸ったら……はあああッ」

艶めかしい声で喘ぎながらも、亜理紗はペニスを咥えて首を振りはじめる。反撃のつもりなのか、舌も使って亀頭を舐めまわしてきた。

「ぬううッ、き、気持ち……おおおッ」

先走り液が溢れるが、亜理紗は迷うことなく飲みくだす。それどころか、さらなる分泌をうながすように、舌先で尿道口をくすぐってきた。

「おッ、おおッ、そ、そこ、そこは……」

腰が小刻みに痙攣してしまう。真澄は快楽にまみれながらも、陰唇を口に含んでしゃぶりまくった。

「ああッ、あ、明智くんっ、あああッ」

亜理紗が口走るのは、残念ながら真澄の名前ではない。それでも、彼女が感じているのは充分伝わってくる。互いの性器を舐め合うことで、瞬く間に快楽がふくれあがった。

「おおッ、き、気持ちいいっ……うむううッ」

とがらせた舌先を膣口にねじこんでいく。膣壁を舐めまわして悦楽を送りこんでは、華蜜をジュルジュルと吸いあげて飲みくだした。

「はあッ、も、もう、わたし……はむンンンッ」

切羽つまった喘ぎ声を漏らし、亜理紗が首を激しく振りたてる。ペニスを深く咥えこんで吸引されると、絶頂の波が急激に押し寄せてきた。

「くおッ、そ、それ以上されたら……おおおッ、おおおおおおおッ！」

こらえることができず、思いきり精液を噴きあげてしまう。人妻の口内にドクドクと注ぎこむのは、ペニスが蕩けそうな快楽だった。

真澄も呻いているだけではなく、猛烈な勢いで女壺を吸引する。陰唇ごと華蜜をすすりあげては呑みくだし、恥裂の突端で充血しているクリトリスを舌先で転がした。

「あ、明智くん、い、いいっ、あああッ、あぁあああああああッ！」

なにかに縋るようにペニスをつかんだまま、亜理紗もよがり泣きを振りまいて昇りつめる。真澄の顔をまたいで折り重なった状態で、熟れた女体をたまらなそうにくねらせた。

ふたりは夢中になって相手の性器をしゃぶりまくり、立てつづけに絶頂に達していく。真澄は精液を搾り取られて呼吸を荒らげている。亜理紗も愛蜜を垂れ流しながら全身を小刻みに震わせていた。

4

「どうして……こんなことまで？」

真澄は絶頂の余韻のなかを漂いながらも疑問を口にした。

「千春のことが心配なの……わかるでしょう」

亜理紗はシックスナインから添い寝の体勢になっている。隣に横たわり、潤んだ瞳で真澄のことをじっと見つめていた。

（この人、本当は千春といっしょにいたいんじゃ……）

瞳から伝わってくるものがある。彼女の悲しみを感じて、胸が締めつけられるようだった。

「本当は手放したくないのよ」

「だったら——」

真澄は途中で言葉を呑みこんだ。

亜理紗の瞳から大粒の涙が溢れて頬を伝い落ちていく。それを目にして、責めることができなくなった。もしかしたら、深い事情があるのかもしれないと思い直した。

「じつは……夫に別れを切り出したの」

意外な言葉だった。

「夫は仕事ばかりで、わたしのことなど見向きもしなくて……そんな生活に耐えられなくなったのよ」

なるほど、なんとなくわかる気がする。よくある倦怠期に加えて、夫はどこかで千春を買ったのだ。意識が千春に向くことで、ますます亜理紗との会話が減っていったのではないか。

「わたし、不満をぶちまけたの。そうしたら、夫はひどく慌てて平謝りして……あんな夫を見るのははじめてだったわ」

家庭では夫に尽くすタイプなのかもしれない。これまで黙って支えてきたので、夫は妻が不満を抱えていたことに気づいていなかっただろう。

「一週間後、夫は新しいマンションを購入するから、そこで一からやり直そうって言ってくれて……」

「それで、千春が邪魔になったということですか？」

「夫は口では飽きたと言っているけど、本当は千春も連れていきたいと思ってるのよ。わたしにはわかるわ。やさしい人だもの……でも、わたしの手前、処分すると言っているだけなの」

亜理紗は夫のことを擁護するが、真澄は今ひとつ納得できなかった。

本当にやさしい人なら、千春を買うこともなかっただろう。だが、そんなことを言ったところで無駄だった。金持ちの考えていることなどわからないし、わかりたくもない。

(最低だな……こいつらは人間のクズだよ)

こらえきれないため息を漏らすと、ペニスに甘い痺れがひろがった。

「ううっ……」

添い寝をしている亜理紗が、股間をまさぐってきたのだ。内腿の間に手を忍ばせて、陰嚢をやさしく揉みあげてきた。

「ちょ、ちょっと……」

真澄の機嫌を取ろうとしているのは明白だ。先ほどはシックスナインを受け入れてしまったが、もう流されるつもりはなかった。

「そもそも、夫が買っていなければ、千春はとっくに処分されていたんです」

手のなかで睾丸を転がしながら、亜理紗が耳もとで囁いた。

また〝処分〟だ。人の命をなんだと思っているのだろうか。しかも夫は医者だというから呆れてしまう。

「どういうことですか？」

なにやら物騒な話になってきた。知らないほうがいい気もするが、もうここまで来たら仕方なかった。

「あの子は売れ残りだったの。大きくなってしまったら売れないでしょう。処分されるのを待っているような状態だったらしいわ。それを見て、夫はかわいそうだと思って買ってきたのよ」

「じゃあ、旦那さんは、千春ちゃんを助けたくて……」

「ええ……でも、結局、手放すことになってしまったのだけれど……」

亜理紗は無念そうにつぶやいた。

真澄が夫に対して抱いていた印象は間違っていたのかもしれない。だが、千春の命を救ったとはいえ、夫は闇ルートと取り引きをしたのだ。決して許されることではなかった。

「どうか、千春にいい人を探してあげてください」

「わかりました……うぅっ」

太幹に指を巻きつけられて、思わず呻き声が漏れてしまう。射精したにもかかわらず硬度を保ったままで、軽くつかまれただけでも快感が湧き起こって全身にひろがった。

「こ、こんなことしなくても……」

「わたしがしたいの……いいでしょ？」

亜理紗の瞳はねっとりと潤んでいる。

どうやら、千春の依頼とは別問題らしい。そういえば、夜の生活がないという話をしていた。夫はやり直そうと言ってくれたが、セックスレスは解消されないままなのだろう。

亜理紗は上半身を起こすと、真澄の股間にまたがった。

両足の裏を絨毯につき、和式トイレで用を足すときのような格好だ。勃起したペニスを右手でつかみ、ゆるゆるとしごいてくる。そうやって刺激を与えながら、真澄の目をじっと見おろしていた。

「あ……亜理紗さん」

またしても我慢汁が溢れ出して、亀頭をぐっしょり濡らしている。彼女はそれを手のひらで砲身全体に塗り伸ばし、ヌルリヌルリと擦りあげていた。

「うっ……ううっ」

「ああっ、すごく硬くなってるわ」

うっとりした声でつぶやき、手の動きを少しずつ速くする。そうしながら、左手では真澄の乳首をいじりまわしてきた。

「ちょっ……くううッ」

快感が快感を呼び、呻き声をこらえられなくなる。真澄は急激に欲望がふくれあがるのを感じながら、仰向けになった体をヒクつかせていた。

「夫のことを嫌いになったわけじゃないの。でも、やっぱり淋しくて……」

身体が疼いて仕方ないらしい。亜理紗はもう我慢できないとばかりに、女陰を亀頭の先端に押し当ててきた。

「はンンっ……熱いわ」

軽く触れただけでペニスの熱気を感じている。頬を火照らせて、恥ずかしげに真澄の顔を見おろしてきた。

「あ、亜理紗さん……お、俺は……」

すでに欲望がふくれあがっている。もうセックスしたくてたまらないが、彼女が人妻だということがどうしても気になった。

「ね、ねえ、いいでしょ……夫はしてくれないの……」

懇願するように言われると、真澄の罪悪感は薄れていく。恐るおそる両手を伸ばして、彼女のくびれた腰をしっかりつかんだ。

「お、俺も……ふんんッ」

女体をゆっくり引き寄せると、亀頭が膣口にヌプリッと埋まっていく。亀頭が完全に沈んで、鋭く張り出したカリが膣壁にめりこんだ。

「ああァッ、お、大きいっ」

亜理紗の顎が跳ねあがり、唇から喘ぎ声が振りまかれる。まだ先端が入っただけなのに、白い内腿をプルプルと震わせていた。

ガーターベルトとセパレートタイプのストッキングを身に着けているのが、全裸よりもかえって刺激的だ。膝を立てた騎乗位の体勢なので、結合部分がまる見えなのも牡の欲望を掻き立てた。

(なんていやらしいんだ……)

野太く屹立したペニスの先端が、赤々とした陰唇の狭間に埋まっている。恥裂からは透明な汁が溢れており、太幹の表面をゆっくり伝い落ちていた。

「ずっとしてなかったから……ンっ……ンンっ」

まずは膣を慣らしたいのだろう。亜理紗は両手を真澄の胸板に置くと、腰をゆったり回転させる。亀頭だけが女壺に埋まった状態で、湿った蜜音がリビングに響き渡った。

（おおっ、これだけでも……）

真澄は尻の筋肉に力をこめて、こみあげてくる快感に耐えていた。

セックスレスだったせいか、人妻の女壺は物欲しげに蠢き、無数の濡れ襞が亀頭をねぶりまわしてくる。膣口がカリ首に巻きついて甘く締めつけながら、新たな華蜜が次から次へと溢れ出していた。

「ああンっ、明智さんの素敵よ」

膣が太さに慣れてきたのか、亜理紗がゆっくり腰を落としはじめる。膝を徐々に曲げることで、そそり勃った肉棒が女壺のなかに消えていく。それにともない膣のなかにたまっていた華蜜がどっと溢れてきた。

「あ、亜理紗さんのなか、トロトロで……うううッ」

柔らかい膣襞の感触がたまらない。肉棒の表面を這いまわっては、やさしく締めつけてくる。まるで熟したマンゴーに男根を突きこんでいるようだ。夏樹や由里子とは異なる、とにかく蕩けそうな感触だった。

「はあアンっ、こ、こんなに大きいなんて……」

亜理紗は腰を完全に落としこむと、臍の下あたりに片手を当てる。そして、顎を少しあげて、艶っぽい吐息を漏らした。

そこまでペニスの先端が届いているのかもしれない。自分の下腹部を撫でまわして、やがて腰を粘るようにまわしはじめた。

「あンっ……ああンっ」

「おッ……おおッ……そ、そんなに動いたら」

呻き声が抑えられない。ペニスが四方八方からこねまわされて、快感が途切れることなく襲いかかってくる。男根の先端から根元まで、隅から隅まであますことなく膣襞が這いまわっていた。

「すごく硬いから……ああッ、擦れちゃう」

感じているのは亜理紗も同じらしい。カリが膣壁にめりこむように、ゆったり大きく腰をまわしていた。

「お、俺も……き、気持ちいいですよ」

快感に耐えながら告げると、亜理紗は眉を八の字に歪めて見おろしてくる。そして、せつなげな表情を浮かべてつぶやいた。

「ずっとこうしたかったから……うれしい」

彼女の瞳には光るものがあった。

本当は夫に抱かれたかったのではないか。それを思うと申しわけない気持ちになるが、同時に興奮も湧きあがってくる。

亜理紗は人妻でありながら、夫以外のペニスを受け入れているのだ。しかも大量の愛蜜を垂れ流して、膣をヒクつかせている。夫に対する罪悪感を抱えているのに、快楽を求めて自ら腰を振っているのだ。

「今度は俺が……」

真澄はむっちりしたヒップを抱えこむと、真下から股間を突きあげた。

「あああッ、ま、待って」

亜理紗の唇からとまどいの声が溢れ出す。

ペニスが根元まで突き刺さり、先端が膣の深い場所まで到達したのだ。女体が大きく仰け反り、女壺が思いきり収縮した。

「くおおッ……あ、亜理紗さんっ」

全身の筋肉に力をこめて射精欲をやりすごすと、真澄は仰向けの状態で本格的れした。

に腰を振りはじめる。尻を連続して跳ねあげることで、ペニスを勢いよく出し入

「あッ……あッ……は、激しいっ」

「おおッ、すごく締まってますよ」

彼女が喘いでくれるから、自然とピストンスピードが速くなる。真下から力強

く突きこんで、人妻の蜜壺を容赦なくかきまわした。

「ああッ、つ、強いっ、あああッ」

亜理紗の喘ぎ声が大きくなり、ペニスの抽送に合わせて乳房が揺れまくる。乳

首はこれでもかと屹立して、乳輪までふっくら盛りあがっていた。

真澄は腰を振りながら両手を伸ばすと、揺れる乳房に重ねていく。硬い乳首を

指の股に挟みこみ、柔肉に指をめりこませた。

(や、柔らかい……おおおっ)

今にも溶けそうな柔らかさを感じることで、ますます気分が盛りあがる。人妻

の双乳を揉みまくり、ブリッジする勢いで股間を突きあげた。

「ああッ……ああッ……あ、明智くんっ」

突然、亜理紗が上半身を伏せてくる。感じすぎて身体を支えられなくなったら

しい。乳房と胸板が密着することで、一気に一体感が高まった。

「い、いいっ、ああッ、いいのっ」

亜理紗が耳もとで喘いで腰をくねらせる。膣道でペニスが揉みくちゃにされて、さらに快感がふくれあがった。

両手を背中にまわしこんで女体をしっかり抱きしめる。そして、思いきり腰を振れば、亜理紗も真澄の肩にしがみついてきた。抽送に合わせて彼女も腰をくねらせることで、快感が二倍にも三倍にもふくれあがった。

「ああッ、もうっ、あああッ、もうイキそうっ」

「お、俺も……くおおおッ」

絶頂の大波がすぐそこまで迫っている。亜理紗が今にも昇りつめそうな声を振りまき、真澄は全力でペニスをたたきこむ。亀頭を奥の奥まで突きこんで、子宮口を激しくえぐり立てた。

「ひああッ、い、いいっ、イクッ、イクイクッ、あぁああああああッ！」

ついに亜理紗が絶頂のよがり泣きを響かせる。真澄の肩に両手の爪を食いこませて、まるで感電したように全身をガクガクと震わせた。

「おおおおッ、くおおおおおおおおッ！」

真澄もひきずられるようにして昇りつめる。股間を思いきり突きあげてペニスを根元までねじこむと、最深部で欲望を解き放つ。一度射精しているにもかかわらず、大量の白濁液が凄まじい勢いで噴きあがった。

「あ、熱いっ、はああああああああッ！」

亜理紗の身体が跳ねるように反応する。精液を注ぎこまれたことで、連続して絶頂に達したらしい。ペニスをこれでもかと締めつけて、絶息しそうなほどヒイヒイと喘いでいた。

人妻の女壺はまるで意志を持った生き物のように、男根にしっかりからみついている。いつまでもうねりつづけて、最後の一滴までザーメンを絞り出す。真澄は脳髄まで蕩けそうな快楽にどっぷり浸っていた。

（ああっ、最高だ……）

もうなにも考えられない。むっちりした女体を抱きしめて、人妻の熱い媚肉の感触に酔いしれていた。

そのとき、絶頂で痺れきった頭にふと疑問が浮かんだ。

――千春はもう大きくなってしまったから需要がないわ。

先ほど亜理紗はそう言っていた。

夏樹との間で契約は成立しているという。だが、需要がないという千春を、夏樹はどうするつもりだったのだろうか。

――無料でも引き取ってもらえるなら、仲介料は全部うちが出すわ。

亜理紗はそんなことも言っていた。

（まさか……）

いやな予感がして、思わずぶるっと身震いした。

引き取り手が見つかったと言って、夏樹は亜理紗から仲介料を受け取る。そして、千春を人知れず処分してしまえば、夏樹は仲介料をまるまるせしめることができるはずだ。

千春を誰に売ったかは、守秘義務で教えられない決まりだ、とでも言っておけば簡単に騙せるのではないか。

もちろん、すべては単なる想像にすぎない。

だが、無駄に豪華なシャンデリアを見あげていると、夏樹のことがますます怪しく思えてくる。こんな生活を送れるのだから、なにか秘密があるのは間違いなかった。

第四章　お詫びの代償

1

「ううむ……」

真澄はクイーンサイズのベッドの上で胡座をかき、ひとり唸っていた。

亜理紗と関係を持ったのは昨日のことだ。人妻とセックスするのは背徳感をともなう最高の快楽だった。

しかし、ひと晩経った今、浮かれた気持ちは消し飛んでいた。頭のなかにあるのは夏樹のことばかりだ。彼女はいったい何者なのか。今、自分の部屋でどうしているのか。こんなことをしていて大丈夫なのか。不安で不安でたまらなかった。

(もし、夏樹さんが本当にやばい仕事をしていたら……)

考えただけでも恐ろしくなる。

夏樹の記憶が戻ったとき、自分は抹殺されてしまうのではないか。どうやら遺体の処分も行っているらしい。跡形もなく消し去ることくらい、彼女にとっては造作もないことだろう。

当初は食料を勝手に食べたことを謝罪して、許してもらうつもりだった。ところが、夏樹が裏稼業を請け負っているのなら話はまったく違ってくる。

(まずい……これはまずいぞ)

背筋を冷たい汗が流れ落ちていく。

彼女がどんな仕事をしているのか、具体的に把握しておきたい。探偵がメインの仕事なのか、それとも遺体処理が専門なのか、もしかしたら殺し屋という可能性も否定できなかった。

それを知ったところで、どうなるかはわからない。それでも、知らないよりは知っておいたほうが対処のしようがあるだろう。

夏樹の仕事部屋に行ってみる。

大きな檻を目にすると、得たいの知れない恐怖が湧きあがる。いったい、この檻でどれだけの人を監禁したのだろう。なかにはこの世から消された人もいるのではないか。

考えるだけでも恐ろしくて、真澄は思わず身震いした。

とにかく、デスクを探ってみることにする。引き出しのなかを確認するが、仕事に関する資料は入っていない。手帳や筆記用具などがあるだけだ。やはりノートパソコンを調べる必要があるだろう。

依頼者たちとはメールでやり取りをしているらしい。それならメールを見ることができれば、仕事内容もわかるはずだ。

(やっぱりロックがかかってるか)

当然ながらノートパソコンにはパスワードが設定されていた。

夏樹の保険証を確認して、生年月日を打ちこんでみる。期待はしていなかったが、やはり違っていた。裏の仕事を請け負っているのなら、そんな簡単なパスワードにするはずがない。いろいろ予想して打ちこんでみるが、ことごとく拒否されてしまった。

(クソッ……ダメか)

時間の無駄だと思って断念した。

がっくり肩を落とすが収穫もあった。引き出しに財布があり、なかを確認すると現金が入っていた。一万円札が三枚に千円札が五枚、それに小銭もある。これでしばらく食いつなぐことができる。

だが、夏樹が本当に殺し屋だとしたら、数日生き延びたところで真澄の運命は決まっていた。

いや、そうと決まったわけではない。実際に夏樹と言葉を交わし、さらには肌を重ねたことで、なにか温かいものが伝わってきた。気のせいと言われればそれまでだが、どうしても彼女が血も涙もない人間とは思えなかった。

たとえ記憶喪失になっていても、もとの性格がなにかしら影響を与えているのではないか。だからこそ、夏樹のことを恐れながらも、惹かれてしまうのかもしれない。

(きっと、悪い人じゃない……)

そう信じたかった。

裏稼業に携わっていても、根っからの悪人ではないと思う。真摯に訴えかければなんとかなるのではないか。

(大丈夫……きっと大丈夫だ)

なんの根拠もないが、真澄は心のなかでくり返す。そうやって自分自身に言い聞かせて、くすぶっている恐怖を抑えこんだ。

2

もうすぐ昼の十二時になるところだ。

真澄は朽ちはてそうなアパート、エンジェルハイツを見あげていた。夏樹の様子が気になり、逡巡したすえに訪れたのだ。

両手にぶらさげているレジ袋には、インスタントラーメンや缶詰、それにパンや惣菜などの食料品がたくさん入っている。ここに来る途中、コンビニに立ち寄って購入したものだ。

(よし、行くか)

真澄は気合いを入れて、錆びついた外階段をあがりはじめた。ぎくしゃくした足取りで廊下を進み、一番奥の部屋の前に立った。呼び鈴はあるが、電池が切れていることを知っている。真澄は小さく息を吐き出すと、気持ちを落ち着かせてからドアをノックした。

（俺、なにやってるんだろう）

自分が借りている部屋なのに、ドアをノックしているのだ。まるで他人の家を訪れたような不思議な感覚だった。

「はい……」

なかから返事が聞こえて足音が近づいてくる。心臓がバクバクして、無意識のうちに身構えた。

やがて解錠する音がして、ドアが内側から押し開かれる。そして、夏樹が顔をのぞかせた。

「ど、どうも……」

極度の緊張で声がかすれてしまう。

彼女の記憶が戻っていたらどうなるかわからない。抑えつけたはずの恐怖が、またしても急激にふくれあがった。

「あっ、こんにちは」

夏樹は真澄の顔を見るなり、満面の笑みを浮かべた。

ところが、すぐに目の下が桜色に染まっていく。一昨日、セックスしたことを思い出したのだろう。真澄も同じことを思ったので、彼女の気持ちが手に取るようにわかった。

（記憶はまだ戻ってないみたいだな）

真澄は内心ほっとして胸を撫でおろした。

「突然すみません。たまたま近くまで来たので」

用事のついでに寄ったフリをする。本当はわざわざ訪ねてきたのだが、そんなことを言うと警戒されそうな気がした。

「お仕事だったのですか？」

「え、ええ、まあ……」

無職だとは格好悪くて言えなかった。曖昧な返事をするが、彼女は微笑を浮かべてうなずいてくれた。

「とにかく、おあがりください」

「よろしいのですか？」

「もちろんです。夏樹さんならいつでも大歓迎です」

人の名前で呼ばれるのは、どうしても慣れることができない。自分が自分ではなくなったような気分だった。

「失礼します……あれ？」

スニーカーを脱いで部屋にあがった瞬間、思わず目を見開いた。

あれだけ散らかっていたのに、すっかりきれいになっている。ゴミをすべて出して、万年床も片づけられていた。数年ぶりに畳が顔を出しており、しかも塵ひとつ落ちていないどころか、部屋中が雑巾掛けされていた。

「こ、これは……」

呆気に取られて立ちつくす。とても自分の部屋とは思えなかった。

六畳一間がこれほど広く見えるとは驚きだ。ゴミが溢れていたから、なおさら狭く感じたのだろう。

「昨日、お掃除をしました。あんな部屋を見られて恥ずかしかったので……」

夏樹が頬をぽっと赤らめた。

確かに散らかっていたが「あんな部屋」と言われたのはショックだった。汚したのは夏樹ではなく真澄なのだ。日頃から掃除をしてこなかったことを、今はじめて後悔した。

「これを、昨日一日で？」

「はい……また来てくださるかもしれないと思ったので」

夏樹がそう言って見つめてくる。真澄は舞いあがりそうになり、慌てて気持ちを引き締めた。

「こ、これ、よろしかったらどうぞ」

食料品がつまっているレジ袋を軽く持ちあげてみせる。この部屋には食べる物がなにもない。きっと夏樹が困っているだろうと思ったのだ。

とはいっても、真澄は一銭も出していない。すべて夏樹の金で買ったので、仕事が見つかって給料が出たら返すつもりだ。だが、それも彼女に殺されなかったらの話だった。

「こんなにたくさん、ありがとうございます」

夏樹は律儀に頭をさげてから受け取った。空腹で仕方がないという感じでもない。もしかしたら、所持金があったのだろうか。

思っていたよりも元気そうだ。

「なにか食べたのですか？」

「革ツナギのポケットに小銭が入っていました。それと、お部屋を掃除して、使わない物をリサイクルショップに引き取ってもらったんです」

夏樹の口調ははきはきとしていた。

なるほど、それでなおさら部屋が広々として見えたのだ。炬燵やテレビ、それにカラーボックスなどがなくなっている。それらと引き換えに得た金で、食料品を購入したのだろう。

記憶は戻っていないのに、しっかり前を向いていることに感心する。

あらためて夏樹に視線を向けると、真澄のジーパンをロールアップして穿いていた。グレーのトレーナーも真澄の物だ。真澄が小柄とはいえさすがにサイズが大きいが、彼女だとお洒落な着こなしに見えるから不思議だった。

「メンズの服ばっかりなんです。わたし、男性っぽい格好が好きだったみたいですね。それにしても、下着までメンズなんです。レディスは段ボール箱のなかに少しあるだけで……」

「そ、それは……彼氏がいたんじゃないですか？」

「そうでしょうか……でも、連絡がないということは、きっと別れたんですね」

とっさの思いつきだったが、夏樹は納得した様子で小さくうなずいた。

夏樹はここが自分の部屋だと信じきっている。だから、男物の服しかなくても、まったく疑うことはなかった。

「とりあえず、近くのコンビニで働くことになりました」

「えっ、もう決まったんですか」

思わず声が大きくなる。自分は無職になって半年も経つのに、彼女はたった一日で仕事を決めた。その行動力に驚かされてしまう。

「アルバイトですけどね。食べていかないといけないので」

さらりと語った夏樹の言葉が、胸に深々と突き刺さった。

確かに生きている以上、食べていかないといけない。そんな当たり前のことがわかっていなかった。いや、わかっていたのに行動しなかった。工場が倒産して失業したショックから無気力になっていた。だが、そんなことは言いわけにならない。彼女は記憶を失っても、こうしてがんばっているのだから。

(俺は、今までなにをやっていたんだ)

自分の駄目さ加減に愕然とする。恥ずかしくて彼女の顔をまともに見ることができなかった。

「じゃ、じゃあ、俺はこれで——」

逃げるように帰ろうとする。ところが、夏樹がすっと腕をつかんできた。

「お昼、ごいっしょにいかがですか?」

にっこり微笑みかけられると断れない。真澄は勧められるまま、卓袱台の前に腰をおろした。

「簡単なものしかありませんけど」

夏樹はそう言いながら、缶詰のツナを入れた野菜炒めを作った。さらに真澄が買ってきたインスタントラーメンも調理してくれた。

「今はこれで精いっぱいなんです」

「すごくおいしそうです。いただきます」

なにより手料理がうれしかった。

野菜炒めはもちろん、インスタントラーメンも彼女が作ったと思うと美味に感じる。真澄は夢中になって食べていた。

「ゆっくり食べてくださいね」

夏樹が目を細めて声をかけてくれると幸せな気分になった。

ふたりで向かい合って昼食を摂る。自分の部屋なのに、夏樹の部屋に遊びに来たような錯覚に陥った。もし夏樹と暮らすことができたら、毎晩こんなふうに食卓を囲むのだろう。

（ふっ……そんなこと無理に決まってるだろ）

胸のうちで自嘲ぎみにつぶやいた。

夏樹の部屋に勝手に入りこんで、好き放題やっているのだ。そんな自分が彼女といっしょに住めるはずがなかった。

(記憶が戻ったら、俺は……)

消されてしまうのかもしれない。

すべては自分で蒔いた種だ。逃げも隠れもせず謝罪するつもりだが、それで許してもらえるとは思えない。想いを寄せる女性に殺められるのは複雑だが、そういう運命だったとあきらめるしかなかった。

「そういえば、事故の犯人は捕まったのですか?」

「いえ、警察からはなんの連絡もありません」

夏樹の言い方はあっさりしている。記憶がないというのもあるだろうが、それよりこれからのことを考えているようだった。

「おいしかったです。ご馳走さまでした」

真澄はしみじみとつぶやいて箸を置いた。

「お粗末さまでした。いっしょに食べるとおいしいですね。あっ、自分でおいしいなんて言っちゃいました」

夏樹が照れ笑いを浮かべて赤くなった。

(ああ、夏樹さん)

そんな彼女が愛おしくてならない。できることなら抱きしめたいが、それよりも罪を告白して謝罪するほうが先だった。

(でも、今はまだ……)

今日明日中にも仕事を決めるつもりだ。アルバイトでもなんでもいい。とにかく次回、夏樹に会うときは、食い扶持だけでも自分でなんとかできるようになっておきたかった。

「じゃあ、今度こそ――」

真澄が立ちあがったとき、猫の鳴き声が聞こえた。

「あら、どこかで猫ちゃんの声がしましたね」

夏樹が玄関のほうに視線を向ける。どこから聞こえたのか、わかっていないようだった。

「窓の外です」

よく来ていた三毛猫に違いない。また腹を空かせているのだろう。真澄は迷うことなくキッチンに向かうと窓を開け放った。

外のブロック塀の上で三毛猫がお座りしていた。やはり年中来ていたあの三毛猫だ。さらにもう一匹、見覚えのない黒猫が座っている。毛並みがよくて艶々していた。

「おまえは新顔だな」

思わずつぶやいた直後、背後から夏樹の声が聞こえた。

「よくこっちだってわかりましたね」

「えっ……い、いや、こっちから聞こえたような気がしたんです」

ごまかすのに必死だった。すると、三毛猫がいつもの調子でピョンッと飛びこんできた。さらに黒猫も後を追うようにジャンプした。

「あっ、二匹もいたんですか」

夏樹が楽しげな声をあげる。意識が猫に向いてくれたことで助かった。

しかし、今ここは真澄の部屋ではない。夏樹の部屋なのに、うっかり猫を入れてしまった。

「す、すみません、つい……」

慌てて謝罪するが、夏樹は怒ることなく笑ってくれた。

「動物は大好きですから構いません。お腹が空いているのでしょうか」

そう言って微笑むと、夏樹は先ほど開けたツナの空き缶を床に置いた。すると猫たちが寄ってきて、顔を寄せ合いながら舐めはじめた。

「かわいらしい猫ちゃんですね」

夏樹がしゃがみこみ、猫たちの頭をそっと撫でる。二匹とも人間に慣れており、おとなしく撫でられるままになっていた。

(危なかった……)

彼女が受け入れてくれたことで、真澄はほっと胸を撫でおろした。

ところが、夏樹はそれきり黙りこんでしまう。ツナ缶を舐める猫を、無言のまま見つめていた。

大家にバレないか心配になったのだろうか。それとも本当は猫を勝手に入れたことを怒っているのだろうか。横顔が怖いくらい真剣で、話しかけることができなくなった。

「じゃ、じゃあ……俺は帰ります」

真澄は独りごとのようにつぶやき、そそくさと部屋をあとにした。

3

(やっぱり怒ったのかな?)

真澄の頭のなかにあるのは夏樹のことだけだった。

マンションに向かって歩きながら、先ほどの様子を思い返す。やはり猫を部屋に入れたことがいけなかったのだろう。

考えてみれば、彼女は部屋を大掃除したばかりだ。そこに野良猫を招き入れたのだから、むっとするに決まっている。最初は笑ってやりすごそうとしたが、どうしても怒りを抑えられなかったのだろう。

(失敗したな……)

昼食をご馳走してくれて、途中まではいい雰囲気だった。それだけに残念な気持ちが強かった。

なにしろ、次に会うときは夏樹の記憶が戻っているかもしれないのだ。別人のようになっている可能性も否定できない。それを思うと、今のうちに穏やかな時間を共有しておきたかった。

やがてマンションが見えてきた。

青空に突き刺さるような高層マンションだ。真澄は思わず立ちどまって見あげると、深いため息を漏らしていた。

どうやったら、こんなところに住めるのだろう。夏樹はいったい何者なのだろうか。本人に会えば、なにかヒントが得られるかもしれないと淡い期待を抱いていたが、結局なにもわからなかった。

仕事を探さなければならないが、とりあえず部屋でひと休みしようと再び歩き出す。そのとき、マンションの入口近くに停まっている黒塗りのセダンが目に飛びこんできた。

（あの車、どこかで見たような……）

すぐには思い出せない。だが、確かにどこかで見た気がする。首をかしげながら歩いていくと、バンパーがへこんでいるのが目に入った。

（これって……）

ふいに事故を目撃したときの光景が脳裏に浮かんだ。

夏樹が運転するバイクが青信号で走り出すと、信号無視をした黒塗りのセダンが交差点に進入してぶつかったのだ。

もしかしら、あのときの車ではないか。バンパーの傷はバイクにぶつかったときにできたものかもしれない。ふと視線を感じて運転席を見やると、目つきの鋭い男がこちらをにらみつけていた。

（あっ……アイツだ）

顔を見た瞬間、埋もれていた記憶がよみがえった。

あのとき車を運転していたのは、この男に間違いない。走り去るときに横顔をはっきり見た。刃物のように鋭い目が印象的で、心に深く刻みこまれたのだ。それなのに、どうして今まで忘れていたのだろう。事故を目撃したショックが大きすぎたせいかもしれなかった。

男はなぜか頭に包帯を巻いている。片方の瞼が腫れあがり、唇も切れているのが痛々しい。まるで喧嘩でもしたようなひどい顔になっていた。

(どうして、アイツがここに……目を合わせちゃダメだ)

慌てて視線をそらすと、車の横をすり抜けようとする。そのとき、いきなり後部座席のドアが開いて若い女が降りてきた。

「明智夏樹さんね」

「は、はい……」

とっさのことで頭がまわらず、つい返事をしてしまう。すると、女は唇の端を吊りあげてニヤリと笑った。

(な、なんだ?)

本能的にやばいと感じた。

なにかいやな予感がする。これまでの人生で出会ったことのない危険な空気をまとった女だった。

髪はダークブラウンのセミロングで、鼻筋がすっとおっている。顔立ちは整っているが、瞳はいかにも勝ち気そうだ。その瞳で見つめられただけで、真澄は身動きができなくなった。

女は襟もとがざっくり開いた黒いセーターを着ている。ぴったりフィットするデザインで、女体の艶めかしい曲線が浮き出ていた。豹柄のミニスカートからは、スラリとした生脚がのぞいていた。

「ど……どちらさま？」

緊張のあまり声がかすれてしまう。それでも、真澄は勇気を振り絞って語りかけた。

「石崎朱音（いしざきあかね）よ」

朱音と名乗った女は、抜群のプロポーションを誇示するように腰に手を当てている。真澄の行く手を阻むように目の前に立ちふさがり、威圧的な視線を送ってきた。

「石崎毅彦（たけひこ）の妻と言えばわかるでしょ。あなたと連絡を取っていたのは、わたしじゃなくてあの人だから」

「い、石崎……毅彦」

その名前ならもちろん知っている。このあたりを仕切っている暴力団、黒岩興業の組長だ。真澄が働いていた工場は、黒岩興業の地上げにあって潰された。そのせいで無職になってしまったのだ。

「ウ、ウソだ……」

真澄はあとずさりしそうになるのをこらえて言い放った。

石崎毅彦の妻なら見かけたことがある。まだ工場が潰れる前、組長の石崎が自らやって来たことがあり、そのとき車の後部座席に妻が乗っていたのだ。着物が似合う年配の女性だった。

「俺は見たことがあるんだ。あんたみたいに若くなかった」

「前の奥さんは病気で亡くなったの。わたしは後妻よ。若くて当然でしょ」

朱音は二十四歳だと告げて片頰に笑みを浮かべた。

「ご……後妻？」

そう言えば、石崎の妻は癌を患っているという噂だった。もしかしたら、あのあと亡くなって、後妻をもらったのかもしれない。だが、本当に石崎毅彦の後妻だとして、いったいどういう用件で訪ねてきたのだろうか。

（もしかしたら、裏稼業のつながりで……）

夏樹がやばい仕事にかかわっているのなら、黒岩興業と関係があってもおかしくない。

しかし、朱音は真澄のことを夏樹だと勘違いしている。ということは、本物の夏樹には会ったことがないということになる。そもそも、どうして夏樹だと勘違いされたのだろうか。

あれこれ必死に考えていると、セダンの運転席から男が降りてきた。

「姐(あね)さん、大丈夫ですか」

いかにも暴力的な感じの野太い声だった。

年は三十前後だろう。がっしりした体を黒いスーツに包んでいる。男は朱音に声をかけると、真澄のことをギロリとにらみつけた。

「勇二(ゆうじ)、あんた失礼な態度を取るんじゃないよ。誰のせいでこんなことになったと思ってるんだい」

朱音が蓮っ葉な物言いをすると、勇二と呼ばれた男は慌てて頭を垂れた。

「す、すんません」

突然の謝罪の言葉は、どうやら真澄に向けられたものらしい。どう反応すればいいのかわからず、真澄は呆然と立ちつくした。

「あなた、この車をじっと見ていたでしょ。それでピンと来たの。会ったことはないけど明智夏樹さんだとわかったわ。確かにあなたを跳ねたのはこの車で、運転していたのは勇二よ」

真澄が挙動不審だったので、もしやと思って声をかけたのだろう。そのときつい返事をしてしまったため、勘違いされてしまったのだ。

「うちの若い者がひどいことをして、ごめんなさい。きちんとヤキを入れておいたから」

どうやら、朱音の指示で制裁が加えられたらしい。勇二の負っている怪我はそのときのものだろう。

「勇二！」

朱音の鋭い声が飛ぶ。すると、勇二はさらに頭をさげて、腰を九十度に折り曲げた。

「申しわけございませんでした！」

野太い声が住宅街に響き渡る。さすがに人目が気になり、真澄は周囲を見まわした。

「い、いや……気にしてないから」

自分が跳ねられたわけではないので、謝られても困ってしまう。真澄が声をかけると、勇二は驚いた様子で顔をあげた。

「マジかよ。俺は殺そうとしたっていうのに……」

ぼそりとつぶやく声を耳にして、真澄の心臓はすくみあがった。

（殺そうとしただって？）

事故の光景が頭のなかで再生される。

交差点に進入してきたセダンは、いっさいブレーキを踏むことなくバイクに衝突した。あれには明確な殺意があったのだ。

（こいつ、夏樹さんを……）

ふいに怒りがこみあげるが、ヤクザ相手に喧嘩を売る勇気はない。真澄は奥歯をぐっと嚙んで感情を抑えこんだ。

「あなたが命を落とさずにすんで本当によかった。もし亡くなっていたら、今ごろ勇二は東京湾に沈んでいたわ」

今度は朱音の言葉に驚かされた。

この人たちの世界では、死が身近なのかもしれない。やはり夏樹も裏稼業に携わる人間なのだろう。真澄はもうなにも言うことができなくなり、ただ頬をこわばらせていた。

「黒岩興業の仕業だってわかっていたのでしょう。どうして、警察に言わなかったの？」

朱音が質問してくるが、真澄はすぐに答えることができない。なにしろ、跳ねられたのは自分ではないのだから。

「べ、別に……」

ふたりが黙って見ているので、やっとのことで言葉を絞り出した。

「別にって、気にしていないってこと？」

朱音が目を見開いて尋ねてくる。真澄は勢いに押されるまま、わけがわからずカクカクとうなずいた。

「殺されかけたのに、水に流すっていうの？」

どうやら、そう解釈されたらしい。本物の夏樹がどう思うかわからないが、とりあえずこの場は乗りきれそうだ。

「あ、兄貴っ、兄貴と呼ばせてください！」

勇二がまたしても野太い声をあげた。無駄に大きな声が昼下がりの住宅街に響き渡る。なにがこの男を感動させたのか知らないが、ややこしいことになってしまった。

「本当にすみませんでしたぁっ」

「ちょっ……でかい声を出さないでください」

真澄が困惑していると、朱音が声をかけてきた。

「ここでは迷惑よね。部屋で話をさせてくれない？」

確かに立ち話をしていると目立ってしまう。だからといって、暴力団関係者を部屋にあげたくなかった。

「勇二は車で待たせておくから」

朱音がそう言って目配せすると、勇二はすぐに察して運転席に乗りこんだ。

「依頼の件もあるし、いいでしょう？」

今は穏やかに話しているが、なにしろ相手は暴力団の組長の後妻だ。いつ豹変して裏の顔を見せるかわからない。想像するだけで恐ろしくて、いやだと突っぱねることはできなかった。

4

部屋でふたりきりになると、朱音はなぜか名前で呼んできた。

「夏樹さん」

「待ち伏せしたりして、ごめんなさい」

なにを言われるかと身構えたが、意外にもしおらしい態度だった。

三人がけのソファに腰かけて、ミニスカートからのぞく美脚を斜めに流している。ほっそりした指先でセミロングの髪をそっと耳にかけた。勇二の前とは打って変わり、どこか女らしい仕草が気になった。

「い、いえ……気にしてません」

真澄は彼女のすぐ隣に座っている。ひとりがけのソファに座ろうとしたのだが、手招きされたので断れなかった。

「ああでもしないと、会ってもらえないと思ったの」

「どうして、ですか？」

「夫が留守電にメッセージを残しても連絡がなかったから、怒っていると思ったのよ。一度依頼したのにやっぱりやめるとか、面倒な客でしょ」

朱音の言葉でようやく状況がつかめてきた。

留守電に吹きこまれていたドスの利いた声は、朱音の夫、石崎毅彦のものだったのだ。

遺体の処分を依頼したが、やはり取りやめたいという内容だった。最後のメッセージでは、遺体の一部でも残っていれば引き取りたいと言っていた。

なんらかの事情で、確実に殺したという証拠が必要になったのではないか。黒岩興業に殺人の依頼があって実行したが、あとになって依頼主に証拠を見せるように言われたのかもしれない。

（やっぱり、夏樹さんは……）

予想が確信に変わっていく。

やはり夏樹は裏稼業に携わっていたのだ。暴力団とのつながりが明るみになった以上、ほぼ間違いなかった。

（この状況はますますやばいぞ）

全身の毛穴から冷や汗が噴き出している。

こうなってくると、絶対に夏樹と入れ替わっていることを知られるわけにはいかない。なにしろ相手は人を平気で殺める暴力団だ。もしバレたら大変なことになる。真澄の命はいとも簡単に、容赦なく奪われてしまうだろう。

（ひ、膝が……）

恐ろしさのあまり、膝が小刻みに震え出した。

真澄は慌てて自分の膝を強くつかむが、どうしても震えをとめられない。これほどあからさまに怯えていたら、不審に思われてしまう。

（と、とまってくれ、頼むっ）

願いも虚しく、膝の震えがさらに大きくなる。そのとき、朱音の視線が膝に向いた。もう駄目だと思い、反射的に目を強く閉じた。

「ごめんなさい……」

朱音の唇から紡がれたのは意外な言葉だった。そして、真澄の膝に手のひらをそっと乗せてきた。

「謝るから、そんなに苛々しないでよ」

どうやら真澄が苛立っていると思ったらしい。膝が震えているのを見て、貧乏揺すりをしていると勘違いしたのだ。

「夏樹さんが怒るのも無理はないけど……」

朱音はため息まじりにつぶやき、申しわけなさげな瞳を向けてくる。真澄は意味がわからず黙っていると、彼女は再び唇を開いた。

「じつは、夫が轢き殺したの。しかも、わたしの目の前でね」

「お、奥さんの目の前で？」

一瞬、自分の耳を疑った。思わず聞き返すと、彼女は聞き間違いじゃないわ、と言うようにこっくりうなずいた。

「わたしは散歩に出かけるところだったの。そうしたら、ちょうど夫の車が帰ってきて……めったにハンドルを握らないから、その日はめずらしく自分で運転しているなと思ったら……」

朱音はそこまで言って黙りこんだ。

石崎が自分の手を汚すとは、特別な標的だったのかもしれない。確実に息の根をとめる必要があったのだろうか。

しかし、いくらヤクザとはいえ、妻が見ている前で殺しを実行できるとは驚きだ。夏樹も同じ世界の住民なのかもしれない。真澄のような一般市民には考えられないことだった。

「遺体の処分は、夫が勝手に依頼してしまったの。自分で轢き殺したのに、遺体の処分は業者に依頼したのよ。しかも、遺体を宅配便で送るなんて、あり得ないでしょ」

朱音は憤っているが、もう真澄は言葉を発することもできずにいた。

（ウソだろ……遺体を段ボールにつめて送ったのかよ）

そういうわけで夏樹に直接会っていないのだ。だから、じつは女だということも知らなかったのだろう。

顔から血の気が引いていくのがわかる。その一方で想像をはるかに越える話ばかりで、逆にだんだん恐怖心が薄れてきた。頭で処理しきれなくなって、恐怖のリミッターが壊れたのかもしれない。

「だから、わたし、夫を怒ったの。さすがに許せなかったわ」

つまり朱音が怒ったことで、石崎は一度依頼した遺体処分を断ることにしたのだろう。それで留守電にメッセージを吹きこんだのだ。

「そのときのやり取りを見ていた勇二が、なにを勘違いしたのか暴走して、あなたを襲ってしまったの。本当にごめんなさい」

朱音は真澄の太腿を撫でまわしながら再び謝罪してくる。

ヤクザの組長の後妻に頭をさげられても困ってしまう。だが、無視するわけにもいかず、真澄は緊張しながらうなずいた。

「まだ怒ってるのね。殺されかけたのだから当然だわ」

「そ、そういうわけじゃ……」

「勇二は頭が悪いけど、わたしのためにやったことなの」

若い衆のために謝ることのできる朱音が眩しかった。

勇二は黒岩興業のなかでは若手らしい。朱音のことを慕っているため、怒っている姿を見て、なんとかしたいと思ったのだろう。

「でも……会ったこともないのに、どうやって俺を特定したんですか？」

素朴な疑問だった。

岩崎も朱音も、それに勇二も夏樹の顔を知らなかったはずだ。それなのに、バイクに乗っているところを車で撥ねた。どうやって、夏樹を特定したのかわからなかった。

「夏樹さんが仕事でバイクを使っていることは、ホームページに書いてあったでしょ。捜索はバイクを使うって」

どうやら夏樹はホームページを開設しているらしい。遺体処分の仕事はおおっぴらにできないので、隠語を使って宣伝をしていたのではないか。そして、依頼はメールで受けつけていたのだろう。

勇二は宅配便を出したときの伝票の控えから、このマンションにたどり着いたという。

「マンションの駐車場にとまっていたバイクは一台だけだった。つまり、それに乗っているのが夏樹さんってわけね」

なるほど、それでバイクに乗っている夏樹に車で突っこんだのだ。撥ねた勇二も、まさか夏樹が女だとは思わなかった。

（そうか……そういうことだったのか）

ようやく全容が見えてきた。

黒岩興業にしても遺体を処分する夏樹にしても、真澄が普通に暮らしていたら絶対にかかわることはなかった。今すぐ逃げ出したいが、マンションの外には凶悪な勇二がいるので下手な動きはできなかった。

「勇二はバカだけどいいやつなの。どうか命だけは助けてやって」

「い、命って……もうやめてください」

これ以上、物騒な話を聞きたくない。真澄が遮ると、朱音は心底驚いたように目を丸くした。

「許してくれるの？」

「許すもなにも……俺はまったく関係ありませんから」

思わず本音が溢れ出る。この連中とは金輪際かかわりたくなかった。

「あなたって器が大きいのね」

朱音がぽつりとつぶやいた。

よくわからないが、誤解が誤解を生んでいるような気がする。もう真澄の力では、複雑にからみ合った糸をほどくことはできなかった。

「ところで、あの子は……龍也(たつや)はもう処分してしまったのでしょう？」

朱音が探るような目つきで尋ねてくる。

なにかいやな予感がした。「あの子」という言い方が気になった。もしかしたら、石崎は子供を殺したのかもしれない。「龍也」はいったい何歳だったのだろう。血も涙もないとはこのことだ。しかし、もはや怒りすら湧かず、真澄はただ呆然としていた。

「そうよね……」

朱音はまたしても勝手に判断したようだ。あからさまにがっかりした様子で視線を落とした。

「仕事が早いわ。さすが一流ね」

無理をして微笑んでいるのがわかる。朱音は懸命に気持ちを奮い立たせているようだった。

(一流……夏樹さんは一流の遺体処理業者ってことか)

真澄は思わずため息を漏らした。

もうこれ以上、夏樹の裏の顔を知りたくない。いや、失った記憶がもとに戻れば、真澄の意志とは無関係に彼女の本性を知ることになるのだろう。

(所詮、俺と夏樹さんは住む世界が違ったんだ)

頭ではそう思っても、心が揺らいでしまう。

こうなった以上もうあきらめるしかない。夏樹にかかわっていると、いずれ命を落としてしまう。身を引くなら今しかない。わかっているが、どうしても決心がつかなかった。

「きょ、今日はこれくらいで——」

とにかく、真澄は話を切りあげようとする。すると、朱音がすっと身を寄せてきた。

「ところで、怪我はもう大丈夫なの？」

至近距離から顔をのぞきこんでくる。豹柄のミニスカートから剝き出しになっている生脚が、ジーパンの太腿に触れていた。

(ち、近いな……)

別の意味で緊張感が高まった。

ジーパンごしでも朱音の体温が伝わってくる。太腿の柔らかさもはっきりわかり、急に彼女が艶めかしく見えてきた。

「勇二は『確実に殺りました』って報告してきたのよ。それなのにピンピンしてるじゃない」

朱音がさらに身体を寄せてくる。セーターのまろやかな胸のふくらみを、真澄の腕に押し当ててきた。

「あなたって不死身なの?」

「うっ……」

胸の鼓動が速くなる。

しかし、彼女は暴力団の組長の後妻だ。頭ではまずいと思うが、ペニスは急激にふくらみはじめてしまう。すると、すかさず朱音が手を伸ばして、ジーパンの股間に重ねてきた。

「ちょ、ちょっと……」

「こっちはビンビンじゃない。あなたって強いのね」

やさしく撫でまわされて、ペニスは本格的に芯を通してしまう。鉄棒のように硬くなり、ジーパンを内側から押しあげていた。

「ねえ、お詫びをさせて。うちの若いのが失礼をしたんだもの」

耳に息を吹きこみながら朱音が囁いてくる。真澄は背筋がゾクッとして、思わず肩をすくめた。

「お、お詫びって?」

いったいどういう意味だろう。隣を見やると、朱音はジーパンの上から肉棒を握りしめてきた。

「くうっ」

「わかってるくせに」

意味深な瞳で見つめられて、真澄はもうなにも言えなくなった。

つまりはそういうことだろう。しかし、朱音は絶対に手を出してはいけない女だ。もし石崎にバレたら、間違いなくこの世から消されてしまう。しかも、遺体は跡形もなく処分されるのだ。

だからといって朱音の誘いを断れば、きっと勇二が黙っていないだろう。慕っている姐さんの顔が潰されたのだ。たとえ朱音が命じなくても、あの男は自分の勝手な判断で真澄の命を狙うに決まっていた。

（ううっ……八方塞がりじゃないか）

どこにも逃げ場がなかった。

真澄が困りはてていると、朱音が耳たぶを甘噛みしてくる。またしてもゾクッとする快感が走り抜けて、破滅と背中合わせの欲望がふくれあがった。

5

「ほ、本当にいいんですか？」

この期に及んで真澄は迷っていた。欲望は膨張をつづけているが、常に恐怖があってなかなか踏みこめなかった。

――勇二はあなたを殺そうとしたの。わたしが代わりに罰を受けるわ。

――でも、それ相応のことをしてくれないと納得しないわよ。

――ノーマルなプレイだとお詫びにならないわね。

朱音はジーパンごしに男根を擦りながら、そんな言葉をくり返し囁いた。

しかし、真澄はノーマルなプレイしか経験がない。困った顔をしていれば許してもらえるかと思ったが、彼女は一歩も引こうとしなかった。

「もし……もしですよ、旦那さんにバレたりしたら、まずくないですか？」

確認せずにはいられない。場合によっては命を落とすことになる非常に危険な状況だった。

「いいの。あの人だって浮気してるんだから」

朱音はどこか投げやりな口調でつぶやいた。だが、それは淋しさの裏返しではないか。なんの根拠もないが、なんとなくそんな気がした。

「うちの人、あちこちに女がいるの」

呆れとあきらめが入りまじったような声だった。

自分が浮気をしているからといって、石崎が妻の不貞を許すとは思えない。やはり、真澄にとってはリスクの高すぎる状況だった。

彼女の夫、石崎毅彦は暴力団の組長だ。愛人のひとりやふたり、いるのが当たり前ではないか。朱音にしても、前の妻が生きていたときは愛人だったのかもしれない。そう考えると極道の妻も楽ではないのだろう。

朱音の機嫌を損ねたらどうなってしまうのだろうか。

手を出せば組長の夫にバレるのが怖いし、極道の妻を怒らせるのもまずい気がする。真澄は必死に考えたすえ、朱音を仕事部屋に連れこんだ。

とりあえず、目の前の危機を回避することを選択した。

どうやっても危ないのなら、ひとつずつクリアしていくしかない。あとのことはあとで考えるしかないだろう。

(これくらいしか思いつかないよ)

自分なりにノーマルではないプレイを考えた結果だった。あの檻や首輪を使えば、SMチックなことができると思ったのだ。

「ここは?」

朱音が不思議そうに部屋のなかを見まわしている。そして、大きな檻に気づいて黙りこんだ。

「ここは仕事部屋です」

真澄は緊張ぎみにつぶやいた。

これが正解なのかどうかわからない。彼女が気に入らなかったら、逆鱗に触れる可能性もある。そのときは別の手段を講じるチャンスが与えられるのか、それとも東京湾の底に直行することになるのか……。

（頼む、気に入ってくれ）

真澄は心のなかで必死に祈った。

朱音が檻に歩み寄ってしゃがみこむ。そして、なかに落ちていた革製の首輪を手に取った。こちらに背中を向けているので、彼女がどんな顔をしているのか確認できなかった。

「まさか……これをわたしに使う気？」

抑揚のない平坦な声になっていた。これまでとは雰囲気が変わっている。もしかしたら、怒りをこらえているのだろうか。

（し、失敗……だったか？）

真澄は全身を硬直させた状態で立ちつくしていた。ノーマルではないプレイを必死に考えたつもりだが、これは間違いだったのだろうか。

彼女の考えていることがわからない。逃げ出したい衝動に駆られるが、外では姐さんのためなら人を殺しかねない勇二が待機しているのだ。この窮地を脱するには、彼女を満足させるしかなかった。

朱音がゆらりと立ちあがる。なぜか無言になっており、ゆっくりこちらを振り返った。

「夏樹さん、そういう趣味があったのね」

頬が微かに紅潮して見えたのは気のせいだろうか。朱音はまっすぐ見つめてくると、首輪をすっと差し出してきた。

「いいわよ、使っても」

どうやら納得してくれたらしい。それだけ勇二がやらかしたことを重く受けとめているのだろう。

「で、では……」

真澄は内心ほっと胸を撫でおろした。首輪を受け取ると、さっそく彼女の首に取りつけようとする。ところが、朱音はさっと身を引いた。

「ちょっと待って」

「は、はい？」

なにか気に障ることをしたのだろうか。内心ビクビクしていると、朱音は腕をクロスさせてセーターの裾をつまんだ。

「これ脱いだほうがいいでしょ？」

そう言って同意を求めるように見つめてくる。

真澄は困惑しながらも小さくうなずいた。すると、朱音は躊躇することなくセーターをまくりあげて頭から抜き取った。

（おおっ……）

いきなり真紅のブラジャーが露になり、真澄は思わず目を見開いた。

レースがあしらわれたセクシーなデザインのカップが、張りのある双つの乳房を包みこんでいる。朱音は頬を染めながらブラジャーもはずして、惜しげもなく乳房を剝き出しにした。

「おっ……おおっ！」

今度こそ唸り声をあげてしまう。それほどまでに、二十四歳の肌は瑞々しくて眩しかった。

先端に鎮座している乳首は若さを感じさせるピンクで、しかもツンと上を向いている。乳房はパンパンに張りつめており、まるで栄養をたっぷりためこんだメロンのようだ。亜理紗の下膨れした熟れ乳とは対極的な、若さ溢れる潑剌とした乳房だった。

「こっちも脱いだほうがいいよね」

朱音が照れ笑いを浮かべながら、豹柄のミニスカートに手をかける。その光景を見つめていた真澄の脳裏に閃くものがあった。

「ちょっと待ってください！」

とっさに声をかけていた。

思いのほか大きな声が出てしまったが、それが効果的だったらしい。朱音は驚いた様子で手をとめた。

「なに？」

「そ、それは……脱がないでもらえますか」

我に返ると、とたんに指示を出すのが恥ずかしくなる。だが、ストップをかけた以上、なにも言わないわけにはいかなかった。

「ス、スカートはそのままで……」

遠慮がちにつぶやくと、朱音は不思議そうに首をかしげた。

「ふうん……じゃあ、パンティは？」

両手の指先でミニスカートの裾をつまみ、上目遣いに尋ねてくる。唇の端を微かに吊りあげて、意味深な表情を浮かべていた。

「そ、それは……」

「なんでも夏樹さんの言うとおりにするわよ。だって、これはお詫びだから」

朱音の声は穏やかだ。乳房をさらしたことで羞恥がこみあげているのか、耳が赤く染まっていた。

「じゃ、じゃあ……パ、パンティだけ脱いでください」

胸にひろがる不安を抑えこみ、思いきって指示を出す。すると、朱音はいっそう耳を赤くして、ミニスカートのなかに手を滑りこませた。

「見られてると……恥ずかしいな」

手首でスカートの裾が押しあげられて、白い太腿が根元近くまで露出する。しかし、あと少しのところで股間は見えないのがもどかしい。やがて真紅のパンティが引きおろされて、つま先から抜き取られた。

「これでいい？」

朱音はなんでもないように言い放つが、顔はまっ赤になっている。

女体に纏っているのは豹柄のミニスカートだけだ。内腿をもじもじ擦り合わせる姿が、否応なく牡の欲情を煽り立てた。

「は、はい……では……」

真澄は革の首輪を彼女のほっそりした首に巻きつけていく。指先が震えて時間がかかるが、なんとかベルトをとめることができた。

「はぁっ……」

首輪を装着すると、なぜか朱音の唇から色っぽい吐息が溢れ出す。いつしか瞳もしっとり潤んでおり、艶めかしい雰囲気になっていた。

「じゃ、じゃあ、これも……」

真澄はチェーンを拾いあげると、首輪の金具に装着する。そして、チェーンの反対側をしっかり握りしめた。

これで朱音は囚われの身となった。

首輪はロックされているわけではないので、彼女がその気になれば簡単にはずすことができる。とはいえ、気の強そうな暴力団の組長の後妻が、乳房をさらしてチェーンでつながれている姿はかなり刺激的だった。

(ほ、本当に大丈夫なのか?)

抑えこんでいた不安がまたしてもこみあげてくる。

しかし、今さらどうすることもできない。実際に朱音はミニスカートだけを身に着けた状態で、首輪をつけて立ちつくしている。もう言いわけできない状態になっていた。

「次はどうすればいいの?」

朱音が小声で尋ねてくる。チェーンでつながれたことが影響しているのか、どこか弱気な表情になっていた。

(もう、こうなったら……)

行きつくところまで行くしかない。なにより彼女が「お詫び」することを望んでいるのだ。

「なんでもする……夏樹さんが満足してくれるまで」

熱い視線を送られてドキリとする。真澄は困惑しながらも、手に持ったチェーンを軽く引いた。

「あっ……」

朱音が小さな声を漏らしてよろめき、張りのある乳房がプルンッと弾んだ。

思わず視線が吸い寄せられて、牡の欲望が刺激される。ペニスがこれでもかと硬くなり、ジーパンの前が破れそうなほど張りつめていた。

「よ、四つん這いになってください」

真澄は思いきって言い放った。そして、再びチェーンを引くとジャラッという音が響き渡り、朱音はくずおれるようにして絨毯に両手をついた。

「これでいい？」

這いつくばった状態で、機嫌をうかがうように見あげてくる。豹柄のミニスカートを穿いているため、獣のような格好が似合っていた。これこそ真澄が閃いたものだった。

暴力団の組長の後妻が、首輪をつけて獣のポーズを取っている。自然と尻を突き出すことになり、結果としてミニスカートがずりあがって、裾から臀裂がのぞいていた。

(なんていやらしい格好なんだ)

背後にまわりこんで露出した尻を凝視する。白桃を思わせる双臀の中央に、深い臀裂が走っていた。

「これが朱音さんの尻か……」

無意識のうちにつぶやくと、朱音が恥じらって腰をよじった。突き出した尻を左右に振ることになり、さらに淫靡な光景が展開された。

「やっ……み、見ないで」

朱音がかすれた声で抗議してくる。

つい先ほど、なんでもすると言ったばかりだ。それなのに、尻を見られただけで羞恥に身を焦がしている。威圧的で強気だったのが嘘のように、今はすっかり弱気になっていた。

そんな姿を目にして、ますますペニスが硬くなる。先走り液がボクサーブリーフの内側を濡らし、ヌルヌルと滑っていた。

「俺も、脱いでいいですか」

真澄はそう言うと、返事を待つことなく服を脱ぎはじめる。ジーパンが苦しくて仕方がない。ボクサーブリーフといっしょにおろせば、屹立したペニスが鎌首を振って飛び出した。

「ああっ……」

朱音の唇から、ため息とも喘ぎともつかない声が溢れ出す。這いつくばった状態でペニスを見あげて、内腿をもじもじ擦り合わせていた。

もしかしたら興奮しているのだろうか。お詫びをすると言いながら、恥ずかしい格好にされて密かに昂っているのかもしれない。しきりに腰をくねらせる姿が、牡の劣情を刺激した。

「あ……朱音さん」

真澄は裸になると、再び名前を呼びながら張りのある尻たぶに手のひらをあてがった。ゆっくり撫でまわしては、ときおり指を曲げてもちもちした尻肉の弾力を楽しんだ。

組長の後妻はいやがる様子もなく、されるがままになっている。だから、真澄は好き放題に尻を揉みまくった。

「はンンっ……」

朱音は吐息を漏らすだけで抵抗しない。それどころか、恍惚の表情すら浮かべていた。

（もしかして、こういうことをされたかったのか？）

彼女の反応を目の当たりにして、ふとそう思った。

組長の妻という立場上、普段は虚勢を張って生きているはずだ。でも、本当は誰かに責められたいのではないか。おとなしく四つん這いになっている姿を見ていると、そんな気がしてならなかった。

それなのに夫は浮気をしており、朱音の相手をしてくれない。だから、お詫びと称して真澄を誘ってきたのではないか。

試しに臀裂をぐっと割り開いてみる。愛らしい尻穴が露出して、さらにサーモンピンクの女陰も見えてきた。すでに大量の華蜜で濡れそぼり、物欲しげにヒクついているのが卑猥だった。

「すごく濡れてますよ」

わざと声に出して、女陰がどうなっているのかを教えてみる。とたんに朱音は腰をよじり、さらなる華蜜を溢れさせた。

「ああっ、い、いや……」

口では「いや」と言っているが、本気でいやがっているわけではない。恥じらいが大きければ大きいほど感じるようだった。

そういうことなら遠慮はいらない。真澄は四つん這いになっている彼女の背後で仰向けになると、脚の間に頭を滑りこませていく。

「な、なにしてるの？」

朱音が困惑の声を漏らすが、構うことなくミニスカートをまくりあげた。

「おおっ！」

仰向けの状態で、真下から彼女の股間を見あげる格好だ。思わず唸るほどの光景が目の前にひろがった。

彼女の恥丘には陰毛が見当たらない。きれいに処理されており、幼子のように白い地肌が剝き出しになっていた。無毛の恥丘を見るのははじめてだ。中心部に走っている溝がはっきり確認できるのも卑猥だった。

「夫の趣味で……」

朱音が言いわけがましくつぶやいた。

おそらく顔がまっ赤に染まっているはずだ。どうやら石崎に命じられてパイパンにしているらしい。いつでも夫の相手をできるように、常に完璧な状態を保っているのだろう。

「なんていやらしいんだ……んんっ」

真澄は頭を持ちあげると、ツルリとした恥丘に唇を押し当てた。さらに舌を伸ばして、恥丘全体を舐めまわしにかかる。

「はあっ、ま、待って……」

「もう待てませんよ」

ザラつきのない滑らかな感触が心地いい。執拗に恥丘をしゃぶりまわすと、中央に刻まれた縦溝も舌先でくすぐった。

「ああっ、な、夏樹さんっ」

朱音は困惑の声を漏らしながら女体をヒクつかせている。恥じらいつつも感じているのは明らかだ。

「じゃあ、こっちはどうですか?」

舌先を女陰に向かってじわじわ滑らせる。すでに勃起しているクリトリスに触れると、女体がぶるるっと激しく震えた。

「はあァッ」

「ここが感じるみたいですね」

彼女の反応を見ながら、肉芽をじっくりしゃぶりまわす。華蜜が垂れてくるので、ますます愛撫に熱が入った。

真澄はいったん起きあがると、彼女の背後でしゃがみこむ。そして、尻たぶを両手で割り開き、あらためて女陰に吸いついた。

「ああッ、ま、また……はああッ」

朱音の甘い声がリビングに響き渡った。

濡れそぼった割れ目をねぶりまわし、さらには唇をぴったり密着させて吸引する。真澄はとろみのある華蜜をすすり飲み、とがらせた舌先を膣口にヌプリッと沈みこませた。

「はううッ、そ、そんな……あッ……あッ……」

獣のポーズで双臀を高く掲げた朱音が、豹柄のミニスカートを纏いつかせた腰を震わせる。背後からのクンニリングスで感じているのは間違いない。尻穴までヒクつかせて、しきりに女体をくねらせていた。

「イキたかったら、イッてもいいんですよ」

舌を膣の奥深くに埋めこみ、指先で尻穴をいじりまわす。とたんに朱音の喘ぎ声が高まった。

「あッ、ああッ、そ、そこっ、はああッ」

「こっちも感じるんですね」

さすがに極道の妻だけあって、若いのに経験は豊富らしい。そういうことなら遠慮する必要はないだろう。女壺をしゃぶりながら、中指の先をじわじわと肛門に埋めこんだ。

「ひッ、ひいッ、ダ、ダメっ、お尻はダメですっ」

朱音が慌てたように叫ぶが、愛蜜の量は確実に増えている。肛門はキュッとすぼまり、第一関節まで埋まった中指を締めつけていた。

女体の震えが大きくなる。真澄はここぞとばかりに舌先で膣粘膜を舐めまわしては、華蜜を思いきり吸引する。それと同時に、尻穴に挿入した指先を小刻みに出し入れした。

「ああッ、ああッ、い、いいっ、あああッ」

喘ぎ声が切羽つまってくる。朱音は四つん這いの体勢で背中を仰け反らせると、あられもない嬌声を振りまいた。

「はああッ、いいっ、いいっ、あああッ、イクッ、イクううッ!」

ついに朱音がエクスタシーの嵐に呑みこまれる。首輪から伸びているチェーンをジャラジャラ鳴らしながら、瑞々しい女体を艶めかしく波打たせた。

6

(や、やった……朱音さんをイカせた)

真澄は立ちあがると、愛蜜にまみれた口もとを手のひらで拭った。

そして、絨毯の上に落ちているチェーンをつかむと、うつ伏せになってぐったりしている朱音をグイッと引っ張った。

「あうっ……」

「なに休んでるんですか」

「ご……ごめんなさい」

絶頂したばかりで、朱音の瞳はトロンと潤んでいる。だが、真澄は休む間を与えず、チェーンを引いて檻のなかに彼女を誘導した。

「な、なにをするの？」

扉を閉めて南京錠をかけると、さすがに不安がこみあげてきたらしい。朱音は鉄柵の向こうから濡れた瞳で見あげてきた。

高さ一メートルほどの檻のなかで、朱音はしどけなく横座りしている。相変わらず豹柄のミニスカートだけをつけているのが滑稽だ。見事な張りを保っている乳房は剝き出しで、彼女が身じろぎするたびに揺れていた。

（さすがにやりすぎたか……）

ふと弱気が頭をもたげるが、なんでも言うとおりにすると宣言したのは朱音のほうだ。それに獣欲がふくれあがっており、もう自分を抑えることができなくなっていた。

「ここから出たいか？」

真澄は仁王立ちしてわざと高圧的に言い放った。

檻のなかの朱音を見おろしているだけで、自分が強くなったように錯覚してしまう。その結果、ますます気分が盛りあがり、勃起しているペニスがさらにひとまわり大きくなった。

「は……はい」

朱音はすっかりしおらしくなってうなずいた。そして、縋るような瞳で見あげてくるのだ。

「ほ、本気で怒ってるわけじゃないわよね？」

彼女は真澄のことを、一流の遺体処理業者だと思っている。このまま殺されるのではないかと不安になったのだろう。

「さあ……どうかな」

真澄は目を剝いてニヤリと笑った。

かつて経験したことのない感情が芽生えている。とはいっても、殺意が湧いたわけではない。怯えている女を前にして、異常なほど欲情している。奴隷のように屈服させたいという歪んだ感情が胸にひろがっていた。

檻に歩み寄ると、鉄柵の間から勃起したペニスを差し入れる。横座りしている朱音の眼前に突きつける格好だ。

「しゃぶれよ」

自分でも驚くほど乱暴な口調になっていた。

「俺を満足させれば、命だけは助けてやる」

こんなセリフを口にする日が来るとは思いもしなかった。

朱音は正真正銘、暴力団の組長の妻だ。そんな危険な女を前にして、真澄はいきがっていた。悪党になった気分で腰をグッと突き出した。

「早くしろ」

「は……はい」

朱音はかすれた声でつぶやき、ペニスに顔を寄せてくる。ピンクの舌先をのぞかせると、そそり勃った肉柱の裏側を舐めあげた。

「うっ……」

柔らかい舌の感触に、思わず呻き声が溢れ出す。真澄は股間を鉄柵に押しつけて、朱音の顔を見おろした。

「はあンっ……ここが好きなの？」

舌先で裏筋をくすぐりながら、朱音が濡れた瞳で見あげてくる。下から上に向かってじりじり舐めあげると、今度は張り出したカリに口づけしてきた。

「う、上手いですね」

黙っていられずつぶやけば、彼女はうれしそうに目を細めて、いきなり亀頭をぱっくり咥えこんだ。

「あぁンっ、お汁がこんなに……あふンンっ」

カウパー汁をさもうまそうに舐めまわしては嚥下する。口のなかで舌をからみつかせて、カリ首を唇でキュウッと締めつけた。

「おううッ、す、すごい」

亀頭を咥えたまま吸われると、急激に射精欲がふくれあがる。慌てて尻の筋肉に力をこめて耐え抜いた。

「ンっ……ンっ……」

朱音が首をゆったり振りはじめる。硬く漲った太幹の表面を、柔らかい唇が撫でまわす。唾液と我慢汁が塗り伸ばされて、蕩けるような愉悦が股間から全身へとひろがった。

「おううッ、こ、これは……」

鉄柵ごしのフェラチオという特殊なシチュエーションが、なおさら欲望を刺激している。このままつづけられたら、あっという間に達してしまう。真澄は慌てて腰を引くと、彼女の口からペニスを抜き取った。

もう一刻の猶予もならない。すぐに南京錠をはずして朱音を引きずり出すと、再び獣のポーズを取らせた。

「もっとケツをあげるんだ」

豹柄のミニスカートをめくりあげて、張りのある尻たぶに手のひらを打ちおろす。とたんにピシッという乾いた音が響き渡った。

「ひッ……い、痛いっ」

朱音が怯えた様子で振り返る。だが、ただ恐れているだけではない。瞳の奥には情欲の炎が揺らめいている。虐げられることで、彼女も興奮しているのは明らかだった。

朱音は絨毯に頬を押し当てると、尻を高く掲げていく。そして、命令されたわけでもないのに、自ら両手を尻たぶにあてがって臀裂をぱっくり開いた。

「く、ください……もう我慢できないの」

震える声でおねだりする。臀裂の狭間に見えている女陰は、大量の華蜜で濡れ光っていた。

「ようし、挿れてやる」

真澄も挿入したくてたまらない。いっさい躊躇せずに尻を抱えこみ、ペニスの切っ先を女陰に押し当てた。

「き、来て――あああッ」

亀頭を埋めこむと、朱音の唇から喘ぎ声がほとばしる。　滑らかな背中が弓なりに反り返り、豹柄のミニスカートが大きく揺れた。

「くうぅッ、き、きついっ」

まだ若いせいなのか膣道が狭く感じる。たっぷりの華蜜で濡れそぼっているが、とにかく締まりが強烈だ。真澄は慎重に腰を押しつけて、ペニスをじわじわ埋めこんでいった。

「あっ……あっ……」

朱音は頬を絨毯に押し当てた状態で、切れぎれの喘ぎ声を漏らしていた。

両手は尻たぶから離れて、今は顔の横に置いている。挿入の衝撃に耐えようとしているのか、絨毯に軽く爪を立てていた。

「おおっ……全部入ったぞ」

時間をかけて、ペニスを根元まで埋めこんだ。真澄の股間と朱音の尻が密着している。小刻みに震える女体を見おろしていると、徹底的に嬲りつくしたいという征服欲がこみあげた。

くびれた腰をつかんで、さっそく腰を振りはじめる。膣道が狭いうえに締まりが強いため、強烈な摩擦感が湧き起こった。

「おおッ……おおおッ」

「あッ……ああッ……な、夏樹さんっ」

すぐに朱音も甘い声を振りまいた。

とくに膣の浅瀬が感じるらしい。亀頭が抜け落ちる寸前のところを擦ってやると、尻たぶがブルブル震えはじめる。愛蜜が次から次へと溢れて、湿った蜜音が響き渡った。

「し、締まるっ……くううッ」

彼女が感じる箇所を集中的に責めると、なおさら膣口の締まりが強くなる。真澄も腰を震わせて、我慢汁を大量に噴きこぼした。

このままではすぐに達してしまう。変化をつけようと、浅瀬だけではなく根元まで思いきり挿入した。

「ふ、深いっ、ひああッ、深すぎますっ」

亀頭の先端で子宮口を小突きまくれば、朱音はヒイヒイ喘いで女体を硬直させた。両手で絨毯を掻きむしり、尻を右に左に振り立てる。悲鳴にも似た喘ぎ声を振りまくが、女壺は男根を食いしめて離さなかった。

「くおおッ、これはすごいっ」

自然とピストンスピードがあがっていく。

膣襞が蠢くなかを、ペニスで思いきり擦りあげる。もう細かいことを考えている余裕はない。奥だろうと浅瀬だろうと関係なく、欲望のままに力強く腰を振りまくった。

「ああッ、いいっ、あああッ、すごいのっ、い、いいっ」

朱音も手放しで喘いでいる。獣のポーズを強要されて乱暴に後ろから突かれているのに、今にも昇りつめそうなほど感じていた。

「お、俺も、もう……くおおおッ」

さらに激しく腰を振る。男根を出し入れするほどに快感が高まり、情欲の炎が全身を包みこんでいく。濡れ襞がペニスを揉みくちゃにして、どうしようもないほど射精欲を刺激された。

「おおおッ……おおおおッ」

「ああッ、い、いいっ、もうイッちゃいそうっ」

そう叫んだ直後、朱音の背中がググッと仰け反った。その動きに連動して、膣道が猛烈に男根を締めあげた。

「くおおおおおッ」

「はぁあッ、イ、イクッ、イクイクッ、ああぁッ、ぁぁあああああぁッ！」

ついにアクメのよがり泣きがほとばしる。女体が硬直したと思ったら、一拍置いて激しく痙攣した。

「うううッ、お、俺もっ、おおおッ、ぬおおおおおおおッ！」

彼女が達するのとほぼ同時に、真澄も欲望を解放する。媚肉の狭間でペニスが跳ねまわり、勢いよく精液が飛び出した。

女壺の奥で男根が脈動して、白濁液がドクドクとほとばしる。それでも腰を振りまくり、ザーメンにまみれた膣道をこれでもかと掻きまわした。

「ひぃッ……あひぃッ……ゆ、許して、もう許してぇっ」

朱音は涙さえ流しながら許しを乞い、凍えたように女体を震わせている。絶頂の波が何度も押し寄せて、ついには股間から透明な汁をプシャアアッとまき散らした。

「ひあああッ、イクイクッ、ひぃいいいッ、イックうううううッ！」

極道の妻が下品な声を振りまき、潮まで噴いて盛大に達していく。

姐さんが情けなく昇りつめる姿を勇二が見たらどう思うだろうか。そんな意地の悪いことを考えると、真澄の征服欲はますます満たされた。

第五章　本当のペット

1

「それと、もうひとつの依頼はどうなったの？」

朱音が何事もなかったように尋ねてくる。

ふたりともすでに身なりを整えてリビングに戻っていた。朱音は三人がけのソファの真ん中に、真澄はひとりがけのソファに腰かけている。先ほどまでの艶めいた雰囲気は皆無だった。

どうやら、セックスをしたことで、彼女が考えていた「お詫び」は終わったらしい。マゾっ気が強いことに驚かされたが、こうして服を着てしまうと、すっかり勝ち気そうなもとの表情に戻っていた。

（もうひとつの依頼？）

真澄は思わず眉間に縦皺を刻みこんだ。

遺体の処分だけではなく、なにか他にも依頼していたらしい。きっと、また恐ろしいことだろう。裏稼業にこれ以上かかわりたくない。とにかく、この場をどうやって切り抜けるかが問題だった。

「まさか忘れたわけじゃないわよね」

真澄が黙りこんでいると、朱音がぐっと身を乗り出してくる。眼光鋭くにらみつけられて、心臓がキュッとすくみあがった。

「あ、ああ……」

さっぱりわからないが、これ以上黙っていると逆鱗に触れそうだ。なにか言わなければと思って、怯えながらも曖昧な言葉を絞り出した。

「本当にわかってるの？」

さらに朱音の目がつり上がった。

真澄の返事が気に入らなかったらしい。しかし、依頼内容がわからないのでごまかすしかなかった。なんとかして彼女の怒りを鎮めたいが、焦るあまり頭のなかがまっ白になっていた。

「フランソワーズを捜してって頼んであったわよね」

朱音が苛つきながら言い放った。

ようやく依頼内容がわかった。どうやら人捜しらしい。いろいろ聞いてきたなかでは軽い内容で、内心ほっと胸を撫でおろした。

「うちの人が苛々してるの。急がないと面倒なことになるかもよ」

その言葉で真澄は息を呑んだ。

(や、やばい……これはやばいぞ)

ほっとしている場合ではなかった。

黒岩興業の組長、あの石崎毅彦が苛ついているという。空気を吸うように人を殺めるという噂を聞いたことがある。実際、誰かを轢き殺して、遺体の処分を夏樹に依頼しているのだ。

「龍也のことは夫がいけないんだけど、フランソワーズのことはまずいわよ」

朱音が抑揚のない声で語りかけてくる。その静かなトーンがよけいに恐怖心を駆り立てた。龍也の遺体の処理の件はなんとかなりそうだ。しかし、フランソワーズを捜す話になると、とたんに空気がぴりついた。

(夏樹さんは、どこまで……)

額にじんわりと汗が滲むのがわかった。

依頼を受けたのは真澄ではなく本物の夏樹だ。彼女はいったいどこまで捜索を進めていたのだろう。途中経過を記録したメモでもあれば、真澄が引き継ぐことができるかもしれない。

(いや、無理だ……素人にどうにかできることじゃない)

真澄は必死に頭を回転させていた。

この場を乗りきらなければ、石崎に消されてしまう。だが、今ならまだ朱音を味方につけられるかもしれない。石崎の怒りを鎮めるには、彼女に説得してもらうしかなかった。

(素人の俺に見つけられるはずがない……)

そのとき、ふと思った。

プロなら必ず見つけられるのだろうか。ときには失敗することもあるのではないか。それならば、懸命に捜索したが見つけられなかったと報告すれば、それですむ話なのではないか。

「じつは――」

心の準備をして切り出そうとしたとき、朱音が言葉を重ねてきた。

「依頼してから、もう二カ月も経ってるのよ。見つけられなかったじゃすまないからそのつもりで」

そんなことを言われたら、もう返す言葉がない。真澄は頰をひきつらせながらうなずくしかなかった。

（ところで、フランソワーズって誰なんだ？）

素朴な疑問が湧きあがる。

女性の名前だと思うが、響きからしてフランス人だろうか。もしかしたら、石崎の愛人かもしれない。なにがあって行方不明になったのか知らないが、そうだとすると石崎が必死に捜すのもわかる気がした。

ピンポーン――。

そのとき、インターホンのチャイムが響き渡った。

真澄はドキリとして肩をすくませた。また裏稼業に関係している客が来たのかもしれない。そう思うと無視したくなるが、今は朱音がいるので動かないわけにはいかなかった。

ソファから腰を浮かせてインターホンのパネルに歩み寄る。そして、液晶画面を見た瞬間、顔からサーッと血の気が引いた。

「なっ……」

喉からおかしな音が漏れてしまう。恐怖のあまり言葉を放つこともできずに立ちつくした。液晶画面に映っているのは石崎に間違いない。一度しか見たことはないが、尋常ではない迫力があったので覚えていた。

がっしりした体をグレーのダブルのスーツに包んでおり、厳めしい顔でカメラをにらみつけている。機嫌が悪いのは一目瞭然だ。今にも人を殺めそうな顔つきだった。

「どうしたの？」

不穏な空気を感じたのか朱音がやってくる。そして、隣から液晶画面をのぞきこんだ直後、見るみる横顔がこわばった。

「殺彦さんが、どうして……」

朱音も夫が来るのは想定外だったらしい。表情に焦りの色が浮かんでいる。なにしろ、真澄と不貞を働いた直後なのだ。そこに夫が不機嫌な顔で現れたのだから、慌てるのは当然のことだった。

「だ、大丈夫……ですよね？」

不安になって尋ねるが、朱音はなにも答えてくれない。だから、なおさら不安になってしまう。

こうしている間も、石崎は帰ることなく、何度もインターホンを鳴らしつづけていた。在宅していることを確信しているようだった。

「勇二がなにか言ったのかも……」

朱音がぽつりとつぶやいた。

「まさか、旦那さんに告げ口したってことですか？」

「勇二はそんなことしないよ。でも、うちの人から電話があって、わたしの居場所を聞かれたりしたら、やっぱりウソはつけないと思う」

なにしろ石崎は黒岩興業の組長だ。もし朱音の言うとおりのことがあったのなら、勇二は素直にしゃべってしまうだろう。

「居留守は通用しないみたいね。このままだと、よけいに怒らせちゃうから」

朱音は意を決したように言うと、インターホンのパネルにある「解錠」ボタンを押してしまった。

「あ、朱音さんっ」

「仕方ないでしょ。男なんだから覚悟を決めて」

彼女はとっくに覚悟が決まっているようだ。さすがに極道の妻だが、真澄にそんな根性があるはずもなかった。

2

「石崎です。あなたが明智さんですか?」

玄関ドアを開けると、そこには石崎が立っていた。

髪はオールバックにしてポマードで固めている。がっしりとした体にダブルのスーツが似合っていた。厳めしい顔はどう見ても堅気ではない。それなのに敬語で話すのが、逆に恐ろしかった。

「は、はい……」

真澄は緊張ぎみにうなずくと、石崎は値踏みするように全身をさっと見まわしてきた。

「うちの女房がお邪魔しているはずです。ちょっと、あがってもよろしいでしょうか」

まだ真澄は答えていないのに、石崎は勝手に革靴を脱いであがってくる。拒否することなどできず、押しやられるようにしてリビングに戻った。

「あら、毅彦さん」

朱音は澄ました顔でソファに腰かけている。腹が据わっており、怯えた様子は微塵もなかった。

「おまえ、こんなところで、なにをやってるんだ」

石崎が低い声で話しかける。怒りを抑えこんだような声が恐ろしい。異様に鋭い目つきになっており、朱音と真澄を交互に見やった。

(まさか、疑われてるんじゃ……)

真澄はリビングの入口に立ちつくしたまま動けずにいた。

疑われているもなにも、実際にセックスしてしまったのだ。しかも、首輪までつけて、獣のようなポーズを取らせてバックから突きまくった。

どうして、あんなことをしてしまったのだろう。朱音に誘われて、興奮のあまり自分を抑えられなかった。もしすべてを石崎に知られてしまったら、間違いなくこの世から消されてしまう。

(バレたらお終いだ……)

ただ立っているだけなのに、すでに全身汗だくになっていた。

この場をどうやって切り抜ければいいのだろう。しらを切りとおすしかないが、そんな根性が自分にあるとは思えない。それでもやらなければ、東京湾の底に沈められてしまうのだ。

「出かけるならひと声かけろよ。ケータイに何度も電話したんだぞ。勇二と連絡が取れなかったら、まだ捜していたところだ」

どうやら、着信があったのに朱音は無視していたらしい。それで石崎は勇二に電話をかけたのだろう。

「龍也のことを聞きに来たの。もしかしたら、まだ遺体が残っているかもしれないでしょ」

「なんだ、そっちか……」

「なんだってなによ。あなたがあの子を殺したのよ」

朱音の声が大きくなる。龍也が轢き殺されたときのことを思い出したのか、瞳に涙を浮かべて石崎をにらみつけた。

(あんまり刺激しないでくれ……)

真澄は心のなかで祈るが、もちろん朱音には届かない。夫への不満を爆発させて、怒りを露にした表情で立ちあがった。

「あなたのせいで、葬儀も出せないんだから」

「遺体がなくても葬儀は出せるだろう」

石崎もむっとした様子で言い返す。しかし、朱音の怒りはいっこうに収まる様子がなかった。

「なに言ってるの。龍也はもう返ってこないのよ！」

今ひとつ状況がわからない。龍也とはいったい何者なのだろう。とにかく、朱音は激昂する一方だ。

このままだと石崎も黙っていないだろう。なにしろ人を平気で殺める暴力団の組長だ。場合によっては彼女に手をあげるかもしれない。それくらい殺伐とした雰囲気になっていた。

「あ、あの……」

真澄は黙って見ていることができず、つい声をかけてしまう。女性が殴られるかもしれないのに放っておけなかった。

「なんでしょう？」

石崎が振り返り、苛ついた目でにらみつけてきた。

そのひと言で、真澄は畏縮してしまう。それでも、一度は肌を重ねた朱音を見殺しにはできなかった。

「明智さんは黙っててもらえますか」

「い、依頼を受けたのは俺です……黙っていられません」

恐ろしくて声が震えてしまう。それでも、勇気を振り絞って言い放った。

「あの遺体を処分したのは間違いでしたか？」

詳しいことはわからないが想像で語りかける。龍也の遺体処分をめぐって、ふたりが言い争いをしているのは確かだった。

「いえ、明智さんはいい仕事をしてくれました。さすがに早いです」

「それならここで揉めるのはやめてください」

怒りの矛先が自分に向いたらどうしよう、という恐怖はある。しかし、朱音が殴り飛ばされるかもしれないと思ったら、成り行きをただ黙って見ていることなどできなかった。石崎は一瞬、目を大きく見開いた。

殴られると思って反射的に肩をすくめる。ところが、石崎は気を取り直したように大きく息を吐き出した。

「失礼しました」

意外にもそうつぶやき、朱音に向き直った。

「龍也のことは、俺が悪かった……すまん」

これほど素直に謝るとは驚きだ。その謝罪を受け入れたのか、朱音もそれ以上なにも言わなくなった。

（よかった……）

内心安堵して胸を撫でおろした。石崎と朱音が言い争いをはじめたときはどうなるかと思った。

「ところで――」

ほっとしたのも束の間、石崎が振り返り、真澄に話を振ってきた。

「フランソワーズはどうなりましたか？」

「うっ……」

とっさに答えられず絶句してしまう。

先ほど朱音に聞いたので、フランソワーズなる人物の捜索依頼が出ていることは知っている。だが、夏樹がどこまでつかんでいるのかはわからない。いずれにせよ、今さら断るわけにはいかなかった。

「依頼してから二カ月も経ったことですし、もう居場所の目星はついているんですよね」

威圧的な目を向けられて、真澄は心臓をわしづかみにされたような息苦しさを覚えた。

「明智さんはこの道のプロなんでしょう。そろそろ結果を出してくださいよ。待たされるほうの身にもなってください」

石崎がぐっと一歩踏み出してくる。目が据わっているのが恐ろしい。真澄は完全に気圧されて思わずあとずさりした。

「ま、まだ……」

じりじり後退して、対面キッチンのカウンターに背中がぶつかった。

「まだ、なんですか？」

かなり苛ついているようだ。先ほど朱音に怒りをぶつけられたことで、さらに機嫌が悪くなったのだろう。

「い、今……さ、捜しているところです」

ついその場しのぎの言葉をつぶやいてしまう。とたんに石崎の目つきが鋭さを増した。

「本当ですね」

「は、はい……か、必ず彼女を見つけます」

この恐怖から逃れたい一心だった。またしても勝手に口が動いて、調子のいいことを口走っていた。

「彼女？」

「フ、フランソワーズさんです」

「おいっ、おまえ、真面目に捜してるのか？」

突然、石崎の語気が荒くなった。

どうして怒り出したのかわからない。いきなりトレーナーの胸ぐらをつかまれて、グイッと引きあげられる。もの凄い腕力で踵が宙に浮き、つま先立ちになっていた。

（な、なんで怒ったんだ？）

わけがわからないが、これ以上、怒らせるのは危険だ。

助けを求めて、石崎の肩越しに朱音を見やる。ところが、彼女も無理だと思ったのか、首を弱々しく左右に振っていた。

（そ、そんな……）

突き放された気持ちになり、真澄はもう震えることしかできなくなった。

「フランソワーズのことはメールに書いたはずだ。まさか忘れたわけじゃないだろうな。なんて書いてあったのか言ってみろ」

メールの内容などわかるはずがない。こうしている間にも、石崎の怒りが増幅していくのが伝わってくる。左手で胸ぐらをつかみ、拳を握りしめた右手を振りあげた。

(も、もうダメだ)

殴られるのを覚悟したそのときだった。

「ちょっと待ちなさい」

凜とした女性の声が聞こえた。

石崎が振り返り、リビングの入口を見やる。真澄も釣られて視線を向けた。すると、そこには黒い革ツナギに身を包んだ夏希の姿があった。

(どうして、夏樹さんが?)

なにが起こっているのかわからない。とにかく、そこには夏樹がいて、朱音と石崎、それに真澄のことを順番に見つめてきた。

「誰だおまえ——あっ!」

石崎が脅すような声で切り出すが、それは途中で驚きの声に変わった。

「フ、フランソワーズ!」

これまでの低音から一転して声のトーンが高くなる。石崎は真澄から手を離すと、夏樹のもとに駆け寄った。

「この子で合ってますか?」

夏樹の腕には二匹の猫が抱かれていた。

真澄のアパートに来ていた三毛猫と黒猫だ。石崎は三毛猫を受け取ると、愛しげに抱きしめた。

「おおっ、間違いない。フランソワーズ、心配したんだぞぉ」

極道のくせに猫撫で声になっている。厳めしい顔に笑みを浮かべて、三毛猫の頭に頬擦りをくり返した。

(な、なんだ……なにがどうなってるんだ?)

状況がまったく呑みこめない。

ただ、フランソワーズが人間ではなく、三毛猫だったということはなんとなくわかった。二カ月ほど前からアパートにふらりと現れるようになり、ちょくちょく餌をやっていた。まさか、あいつがフランソワーズだったとは驚きだ。

「毅彦さん、よかったですね」

朱音が歩み寄ってくる。そして、石崎と身を寄せ合って、三毛猫の頭を撫でまわした。

「もうダメかと思ってたよ。ところで、あんたは誰なんだ？」

石崎が三毛猫の頭を抱いたまま、夏樹に質問をぶつけた。

「わたしは……助手です。彼の助手です」

夏樹の視線が真澄に向けられる。すると、再び石崎がこちらに向き直った。

「ちゃんと捜してくれてたのか。なんで早く言ってくれなかったんだ。先ほどは申しわけない、本当に失礼した」

頭をさげられて、真澄は困惑してしまう。ひきつった笑みを浮かべるだけで、なにも言うことができなかった。

「彼はサプライズが好きなんです。依頼者の喜ぶ顔がなによりの報酬だと、いつも申しております」

夏樹がフォローするように言ってくれた。

これまで会ったときとは雰囲気が一変している。言動が自信に満ち溢れており、表情も引き締まっていた。

（もしかして……記憶が戻ったのか？）

そうとしか思えない。美貌はそのままだが、瞳の輝きがまるで違っている。どこかぼんやりしていたが、今はしっかり焦点が合っている感じだった。

そのとき、インターホンのチャイムが鳴り響いた。

近くにいた夏樹が液晶画面をのぞきこみ、すぐに通話ボタンを押して会話をはじめた。

「はい……」

『あっ、三佐川です。千春を連れてきました』

スピーカーから声が聞こえる。

夏樹は不思議そうな顔をしているが、真澄はすぐにピンと来た。三佐川亜理紗に間違いない。一度抱いた女性だ、忘れるはずがなかった。

ただでさえゴチャゴチャしているのに、ここに亜理紗が加わったら、さらに混乱してしまう。しかも、真澄とセックスした女性が三人もそろうことになる。そんな状況はなんとしても避けたかった。

「お、俺が代わります」

真澄が声をあげると、夏樹が訝しげな瞳で見つめてくる。だが、ここは譲るわけにはいかない。「今、開けます」と語りかけてインターホンの解錠ボタンを押すと、そのまま玄関に向かった。

玄関ドアを開けて待っていると、しばらくして亜理紗がやってきた。

「こんにちは」

なぜかチワワを抱いている。つぶらな瞳が愛らしいが、真澄の頭はますます混乱してしまう。

「えっと、このワンちゃんは……」

「千春です。はじめまして」

亜理紗が甘えた声でチワワの言葉を代弁する。

ひと目見たときから薄々感じていたが、やはり千春というのはチワワの名前らしい。てっきり人間だと思いこんでいたので、真澄は目眩がするほどのショックを受けていた。

「千春に会いたいって言ってたでしょう。そのほうがイメージが湧いて、次の飼い主を見つけやすいって」

確かにそんな話をした覚えがある。だが、そのときは人身売買の話だと勘違いしていた。

「今日はたまたま近くまで来る用事があったから寄ってみたの」

「そ、そう……ですか」

懸命に笑みを浮かべるが、それ以上言葉を返せない。すると、亜理紗が不思議そうに見つめてきた。

「そういえば、さっき女の人がインターホンに出たけど……」

「あ……あれは……じょ、助手です」

とっさに嘘をついてしまう。本物の夏樹には悪いと思うが、混乱を最小限にするにはそれしかなかった。

「そう……とにかく、千春を預けておくわね」

なにかを察したのか、亜理紗はチワワを真澄の胸に押しつけてくる。思わず抱きかかえると、彼女はそのまま踵を返した。

「じゃあ、あとはメールで。さようなら」

「あっ……」

亜理紗はあっという間にエレベーターに乗りこんだ。

わけがわからないまま、チワワを預かることになってしまった。またひとつ問題を抱えこんだ気がして頭が痛くなってきた。

(まいったな……)

真澄は困りはててリビングに戻った。

「ああっ、龍也だ！」

いきなり朱音が駆け寄ってくる。そして、真澄の腕から千春を奪い取り、頬擦りをはじめた。

「朱音、そいつは……」

石崎が声をかけるが、途中で言葉を呑みこんだ。朱音の瞳から涙が溢れ出すのを見て、なにも言えなくなったらしい。

「龍也にそっくりだ」

柄にもなく石崎の目も潤んでいる。真澄に声をかけて、ひとりで納得したようにうなずいていた。

（そうか……龍也はチワワだったのか）

またひとつ驚きの事実が発覚した。石崎が轢き殺したという龍也は、人間の子供ではなくチワワだった。そういえば、朱音は散歩に出かけるときに撥ねられたと言っていた。つまり故意ではなく、不幸な事故だったのだろう。

そして、石崎はチワワの遺体の処分を、朱音の許可なく夏樹に依頼した。宅配便で送るのはまずいと思うが、おそらく罪の意識にいたたまれなくなったのではないか。龍也の遺体を見ていられなかったのだろう。今、石崎は朱音を見て涙ぐんでいる。心底悪い人間とは思えなかった。

「その子、千春ちゃんっていうんです。じつは今、里親を探しているところなんです」

「え……」

朱音と石崎が同時に真澄の顔を見た。

「事情があって飼い主さんが泣く泣く手放すことになりました。可愛がってくれる人に引き取ってほしいと希望されています」

真澄の説明を聞いた朱音の顔に笑みがひろがった。もちろん、石崎も了承して話はとんとん拍子に進んだ。

「夏樹さん、ありがとうございました」

石崎と朱音が深々と頭をさげて礼を言う。そして、フランソワーズと千春を大切そうに抱いて帰っていった。

3

玄関でふたりを見送ると、とたんに不安がこみあげてきた。

夏樹と相対するのが恐ろしいが、このまま逃げるわけにもいかない。とにかく心から謝罪するしかなかった。

（あれ？）

恐るおそるリビングに戻るが、夏樹の姿が見当たらない。それならばと真澄は仕事部屋に向かった。

「し、失礼します……」

ドアが開いていたので、小声で囁きながら足を踏み入れた。

パソコンの前の椅子に夏樹の姿があった。なにやらむずかしい顔で、メールのチェックをしていた。

黒猫は隣にある大きな檻に入っている。毛づくろいに夢中で、自分の体を器用に舐めまわしていた。今にして思えば、これは人間用の檻ではなく、動物を入れるためのケージだったのだろう。

「それで、あなたは高山真澄さんでいいのね？」

夏樹は椅子を回転させてこちらを向いた。

革ツナギ姿で脚をすっと組むと、真顔で腕組みをして見つめてくる。その表情からは感情が読み取れなかった。

「は、はい……」

真澄が答えると、夏樹は微かにうなずいた。

「謝ってすむこととは思えませんが、すみませんでしたっ」

腰を九十度に折って謝罪する。そして、こうなった経緯を最初から順を追って説明した。

勤めていた工場が倒産して、食う金にも困っていたとき、偶然、夏樹の事故現場に遭遇した。たまたま足もとに転がってきたウエストポーチを拝借して、この部屋に侵入してしまった。

「食べた物は必ず返します。本当に……本当にすみませんでした」

頭を垂れたまま目を強く閉じた。罵倒されるのを覚悟するが、彼女は声を荒らげることはなかった。

「どうして、病院に来たの？」

「それは……悪いことをしている自覚はあったので謝ろうと思ったんです。そうしたら、夏樹さんが記憶喪失だったから、つい……」

ここまで来たら、嘘をついても仕方がない。真澄は当時の気持ちを思い出しながら包み隠さず打ち明けた。

「正直なのね……」

夏樹はそうつぶやいて黙りこんだ。そして、少し考えるような仕草をしてから、自分のことを話しはじめた。

「気づくと病院のベッドだった。事故に遭ったことはもちろん、自分の名前すらわからなくて動揺したわ。あなたが通報してくれたのよね。そのとき、お財布を落としたでしょう。それがなぜかわたしの物ということになって、壮大な勘違いがはじまったのね」

検査を受けて退院の許可がおりたが、不安でいっぱいだったという。

「あなたが来てくれてほっとしたわ。やさしく接してくれたおかげで、不安が軽くなったの」

記憶喪失だった間のことも覚えているらしい。夏樹にそう言われると、なおさら罪悪感が刺激される。真澄はただ自分の身を守りたいだけだった。

「アパートに送ってもらったときは愕然としたけど、あなたに抱きしめられて落ち着きを取り戻せた。食料品を持ってきてくれたときもうれしかったわ」

夏樹は懐かしそうに目を細めた。

「わたしの仕事は『ペットのなんでも屋』よ」

「ペットの……なんでも屋」

「そう。ペットに関することなら、基本的になんでも請け負うの」

従業員は雇わず、すべて夏樹ひとりでこなしているという。

散歩代行や一時預かり、犬猫のシャンプー、行方不明になったペットの捜索、さらには飼えなくなったペットの売買から葬儀の手配まで、なんでも断ることなく受けつけていた。

仕事の依頼はホームページからメールで受けるので、依頼者に直接会うのはあとになってからだ。だから「明智夏樹」という名前を見て、男と勘違いされることも多いらしい。

基本的にセレブ相手の仕事なので、料金は高めに設定されている。だが、そのぶん丁寧な仕事が求められるため、超多忙な日々を送っていた。

石崎が依頼した遺体処分というのは火葬のことで、龍也はペット用の共同墓地に埋葬されたという。多忙で返信が遅れてしまったが、いずれにせよ龍也の遺骨を回収することは不可能だった。

「記憶は突然戻ったの。三毛猫と黒猫を見たとき、頭のなかの霧が晴れるみたいにパーッとね。二匹とも捜索依頼が出ていた猫だったから、きっとそれが刺激になったんじゃないかしら」

そう言われてみれば、二匹の猫を前にしたとき夏樹は急に黙りこんだ。様子がおかしかったのは、記憶が戻りはじめていたからだった。

「それで、ツナギのポケットにマンションの合鍵を入れておいたことを思い出したの。さっきは、これを使って入ってきたのよ」

彼女の革ツナギには小さなポケットがいくつかあり、そのひとつに合鍵を入れてあったのだ。

「この黒猫は小次郎。島村由里子さんから捜索依頼が出ているわ」

その言葉で思い出す。未亡人の由里子は「小次郎」を捜していた。なぜ警察に行かないのか不思議に思っていたが、人間ではなく猫だったのだ。

(そうだったのか……)

小次郎が見つかったのはよかったが、自分の馬鹿さ加減に呆れてしまう。勘違いにもほどがあった。

「ところで、あなた、これをバラ撒くつもりだったの？」

夏樹が一枚の紙を差し出してきた。

さがしています！

島村小次郎。二歳の男の子。黒髪。目が大きい。

三週間前に自宅からいなくなりました。

電話台の下に突っこんでおいた書きかけのチラシだ。

由里子のために必死だったが、警察に行けない事情があるのなら、大々的な捜索はまずいかもしれないと思って保留にしたものだった。

「なんとか力になりたいと思って……」

「お腹を満たせれば、それでよかったのに？」

「話を聞いちゃったから……由里子さんがあんまり悲しそうで……」

自分で話していて呆れてしまう。人間だろうとペットだろうと、素人の真澄に捜し出せるはずがなかった。

「バカですね、俺……」

自嘲的につぶやき、がっくりうつむいた。

「三佐川さんのところの千春ちゃんは、あなたが連れてくるように指示したの？」

「あのままだと、殺されてしまうと思ったんで……結果、俺の勘違いでしたけど……でも、チワワが助かってよかったです」

「里親が見つからなかったら、どうするつもりだったの？」

「どこかの施設に置いてくるつもりでした。人間だと思ってたんで……無責任かもしれないけど、殺されるよりはましかなと……」

今にして思えば、すべてはボタンの掛け違いだった。

夏樹を男と思いこんだことからはじまり、さらに裏稼業の人間だと誤解して怯えていた。

よくよく考えればおかしなところもあったが、一度思いこんでしまうと、簡単には間違いに気づけないものだ。誤った考えに囚われることで、思考がそこから抜け出せなくなってしまう。

自分でも間抜けだと思うが、とにかく必死だった。後悔したくなくて、わけがわからないまま必死にやってきた。

（でも、結局、俺が悪いんだ……）

夏樹の部屋に侵入したことがすべてのはじまりだ。

誰よりも自分が一番よくわかっている。どう取り繕っても、言いわけのしようがなかった。

「あなたが見送った石崎さんご夫婦は、満足して帰られたのね？」

なぜか夏樹は穏やかな口調で尋ねてくる。

石崎は三毛猫のフランソワーズを、朱音はチワワの千春を抱き、ふたりとも笑顔で帰っていった。

「はい……それだけが救いです」

もう真澄にはなにも残されていない。

間もなく警察に突き出されるのだろう。どうせ失うものはなにもない。逃げも隠れもするつもりはないが、ただひとつ後悔があるとすれば、せめて勝手に食べたものを弁償する機会がほしかった。

「最後に謝らせてください。本当にすみませんでした」

深々と腰を折って謝罪する。

夏樹に会えなくなるのは淋しいが、すべては自分が蒔いた種だった。

心の底から反省して、かつてないほど後悔していた。好きになってしまったことで、なおさら胸が苦しく締めつけられた。

「最後って誰が決めたの？」

囁くような声だった。

「え……」

「最後かどうかは、わたしが決めることよ」

夏樹がじっと見つめてくる。

いったいなにを言いたいのだろう。真意がわからないが、もう尋ねる勇気はなかった。とにかく、悪いのは自分だとわかっている。それを彼女に指摘されるのが怖かった。

「本当に悪いと思っているなら、お願いがあるのだけど……」

いったん言葉を切ると、夏樹は椅子から立ちあがった。

4

「ついて来て」

夏樹に言われるまま、黙ってあとをついていく。すると、なぜか脱衣所に連れこまれた。

緊張感が高まるなか、夏樹がツナギのファスナーに指をかける。そして、真澄の顔を見つめながら、ゆっくりおろしはじめた。

「あ、あの……なにを……」

「記憶を失っていた間のこと、全部覚えているの。あなたが病院に来てくれたこととか、アパートまで案内してくれたこととか……」

夏樹は話しながらもファスナーをおろしていく。

ツナギの前がはらりと開き、レースがあしらわれた白いブラジャーが見えてくる。さらにファスナーを一番下までさげると、ブラジャーとおそろいの純白パンティが露出した。

「でも、そのときは記憶を失っているから、行動も考え方もいつものわたしとは違っているのよ。これって、すごく不思議な感じなの」

わかるようで今ひとつわからない。きっと経験した人にしか理解できない感覚なのだろう。

「あなたのもの、勝手に売ってしまってごめんなさい」

夏樹は炬燵やテレビ、カラーボックスなどをリサイクルショップに売り払っていた。だが、それを責める権利など真澄にあるはずがなかった。

「でも、服はそのまま置いてあるから安心して」

夏樹はツナギをおろして完全に抜き取ってしまう。これで女体に纏っているのは純白のブラジャーとパンティだけになった。

（ああ、夏樹さん……）

胸に熱いものがこみあげる。

まさか、また彼女の肌を拝めるときがくるとは思いもしなかった。今、こうして見ることができるだけでも幸せだった。

「あのときのわたし、すごくヘンだったでしょ？」

そう言って、頬をぽっと赤らめる。

夏樹の言う「あのとき」とは、ふたりがセックスしたときのことだろう。確かに普段の彼女からは想像できないほど積極的だった。

「思い出すと恥ずかしいけど……すごく自分を解放できた気がするの」

両手を背中にまわしてブラジャーのホックをはずす。とたんに双つの乳房がタプンッと揺れながらまろび出た。

「わたしの想像だけど、記憶を失ったことで自制心がなくなって、心の箍がはずれたっていうか……きっと常識とか囚われているものから解放されたのね。それで、心の奥に秘めていた願望が出てしまったみたい……」

頬を染めながら、夏樹は言葉を選んで慎重に語ってくれる。それを真澄は不思議な気持ちで聞いていた。

記憶を失ったことがないのでよくわからないが、いかにもありそうな話だ。みんなが必ずそうなるわけではないだろう。とにかく、夏樹の場合はそういう現象が起きたということだ。

──あンッ、久しぶりだから……あぁンッ、そんなに奥ばっかり。

──はあぁあッ、すごいっ、こんなにすごいのはじめてですっ。

夏樹が激しく乱れて口走った言葉を思い出す。

あれは過去に体験した記憶から出た言葉ではなく、秘めていた願望から生まれた台詞だったのだろう。真面目にこつこつ生きてきたからこそ、もし奔放な生活を送っていたらと妄想するのかもしれない。

「あなたがやさしくしてくれたから……信頼できると感じたから、心が解放されたのね」

「お、俺は、別になにも……」

「ううん、いろいろお話を聞いて確信したわ。あなたは困っている人を放っておけないのよ。わたしの依頼者は、みんなあなたに助けられたわ。もちろん、わたしもね……」

夏樹はパンティに指をかけて、ゆっくりおろしていく。つま先から交互に抜き取り、ついに彼女は生まれたままの姿になった。陰毛は相変わらずきれいな小判形に手入れされていた。

「真澄さんも脱いで」

ふいに名前を呼ばれてドキリとする。

躊躇したのは一瞬だけだ。真澄は慌てて服を脱ぎ捨てて裸になった。こんな状況だというのに、ペニスは芯を通して屹立していた。

「す……すみません」

「謝る必要なんてないわ。わたしを見て、大きくしてくれたのでしょう」

夏樹は微笑を浮かべると、バスルームのドアを開けて見つめてくる。目で誘われるまま、真澄は彼女につづいてバスルームに足を踏み入れた。クリーム色の壁に囲まれており、清潔感の溢れる空間だった。

「背中を流してほしいの。銭湯だと落ち着かなくて……」

この数日、夏樹は銭湯に通っていたのだろう。慣れない場所なので、ゆっくり身体を洗えなかったようだ。

「でも……俺でいいんですか？」

ふたりは向かい合う格好で立っている。距離が近くてドキドキしてしまう。ただでさえ勃っているペニスが、ますます硬くなっていた。

「真澄さんじゃないとダメなの。だって、もう真澄さんは、わたしの秘密を知ってしまったんだから」

「ど、どういう意味でしょうか」

「これも、わたしの願望のひとつなの。男の人と洗いっこをするのって、なんだか楽しそうじゃない」

記憶喪失のときのセックスで、夏樹は秘めていた願望を剝き出しにした。その経験があるので、真澄の前では本性をさらけ出すのに抵抗がなくなったのかもしれなかった。

つまり自分しか知らない夏樹がいるということだ。なにやら特別扱いされているようで少しうれしくなった。

夏樹はシャワーヘッドを手に持つと、ふたりの全身を念入りに流していく。そして再び真澄と向き合った。

「それじゃあ、お願いね」

「あ、あの、タオルは……」

タオルや垢スリの類が見当たらない。すると夏樹がボディソープのボトルをつかんで、真澄の手のひらに垂らした。

「手で直接洗うの。そのほうが肌にやさしいから」

夏樹は自分もボディソープを手に取ると泡立てはじめる。そして、手のひらを真澄の胸板にあてがった。

「ほら、こうやって」

両手でゆっくり円を描くように撫でまわしてくる。ヌルリヌルリと滑る感触が心地いい。指先が乳首を掠めると、痺れるような快感がひろがった。

「じゃ、じゃあ、俺も……」

真澄もボディソープを泡立てて、手のひらを彼女の乳房に重ねていく。軽く触れただけでヌルリと滑り、きめ細やかな柔肌の感触が伝わってきた。

「あっ……はンっ」

手のひらで乳首を転がすと、夏樹の唇から甘い声が溢れ出す。乳房を揉もうとして指を曲げれば、ボディソープで滑って逃げてしまう。その感触がまた気持ちよくて、執拗に乳房を撫でまわした。

乳首がぷっくりふくらみ、手のひらの下でコリコリ転がる。乳首の刺激に連動して、女体がヒクつくのが艶めかしい。その姿をもっと見たくて、ついつい乳房を集中的に愛撫した。

「あンっ、そこばっかり……」

夏樹の手が胸板から脇腹にさがり、さらに股間へと向かっていく。そそり勃っているペニスには触れず、その周囲を焦らすように撫でまわしてきた。

「ううっ」

たまらず呻き声が漏れてしまう。すると夏樹は楽しげに目を細めて、さらに太幹の際まで指を這わせてくる。しかし、決して肝心なところには触れようとしなかった。

「な、夏樹さん……」

真澄も手のひらを徐々に下半身へと滑らせていく。臍の周囲で円を描き、指先で脇腹をくすぐった。さらに肉厚の恥丘に手のひらを重ねて、陰毛を泡だらけにする。そこを擦ることで泡立ちが強くなった。

「ああンっ……くすぐったい」

夏樹は内腿をぴったり寄せて、女体をもじもじくねらせる。恥丘をねちっこく撫でられることで、焦れるような感覚に悶えていた。

それならばと真澄は指先を股間に滑りこませていく。内腿は閉じられているが、指にはボディソープがたっぷり付着している。簡単にヌルリと潜りこみ、指先が柔らかい女陰に到達した。

「あっ、そ、そこは……ああンっ」

すでに割れ目はたっぷりの華蜜で濡れそぼっている。そこを撫であげれば、夏樹はせつなげに眉を歪めて見つめてきた。

「もうトロトロになってますよ」

「はあンっ、そ、そこ、ダメ……」

愛蜜の量は増える一方だ。夏樹はもう耐えられないとばかりに、男根を握りしめてきた。手のひらはボディソープだらけで、指が巻きついた瞬間にヌルリと滑った。

「ぬううッ、そ、それ、すごいです」

まるでローションを塗りたくったような感触がたまらない。ねちねち擦られて我慢汁がとまらなくなる。真澄も負けるものかと、指先でじっくり女陰を擦りあげた。

「あッ……あぁッ」

夏樹の甘い声がバスルームの壁に反響する。膝がガクガク震えて、もう立っているのもやっとの状態だ。それでもペニスをしっかり握り、リズミカルにしごいていた。

「ううッ、な、夏樹さんっ」

もうこれ以上は耐えられない。ここまで昂ってしまったら、ひとつにならなければ気がすまなかった。

「お、俺、もう……」

「わたしも……」

ふたりの気持ちはすでにひとつになっている。シャワーで慌ただしく泡を流すと、その場ですぐに抱き合った。

どちらからともなく唇を重ねて、舌を深くからめ合う。互いの口内をしゃぶりまくり、唾液を交換しては嚥下する。そうやって相手の味を確認することで、ますます気分が盛りあがった。

真澄は夏樹の片脚を持ちあげて脇に抱えこんだ。彼女は背中を壁に預けて片脚立ちになる。その状態で股間を押しつけると、真下からペニスの先端を女陰にあてがった。

「いきますよ」

「き、来て──あああッ」

夏樹の唇から喘ぎ声がほとばしる。ゆっくり股間を突きあげて、張りつめた亀頭を埋めこんだ。

とたんに湿った音が響き渡り、愛蜜がどっと溢れ出す。亀頭が熱い媚肉に包まれて、カリ首が膣口で締めあげられる。甘い感覚がひろがるが、真澄は休むことなくペニスを挿入した。

「おおッ……す、すごく熱いです」

「あああッ、大きいっ──」

夏樹が両手を伸ばして、真澄の首にしがみついてくる。膣口もキュウッと締まり、ペニスをしっかり食いしめていた。

「も、もっと、くううッ」

さらに肉柱を送りこみ、亀頭が膣の深い場所まで到達する。子宮口を圧迫することで、女壺全体が大きくうねった。

「はうッ、そ、そんなに深いところまで……」

「ううッ、動きますよっ」

快感の小波が次から次へと押し寄せてくる。とてもではないがじっとしていられず、真澄はさっそく腰を振りはじめた。

「あッ……あッ……」

「おおッ……き、気持ちいい」

膝の屈伸を使い、真下からペニスを突きあげる。カリで膣壁を擦りあげては、亀頭を子宮口にぶち当てた。

「あううッ、い、いいっ」

夏樹の唇から喘ぎ声がほとばしった。太幹をスライドさせるほどに反応は大きくなり、真澄の首に強くしがみついてくる。愛蜜の分泌量が増えて、股間から湿った音も響いていた。

「すごく締まって……ううッ」

膣襞がざわめき、太幹の表面を這いまわる。自然と腰の動きが速くなり、奥の奥まで男根をたたきこんだ。

「ああッ、つ、強い……ああッ」

片脚立ちの不安定な格好で、夏樹も腰を振りはじめる。ペニスの抜き差しに合わせて、股間をぎこちなくしゃくりあげてきた。

「な、夏樹さんっ……くおおッ」

睾丸のなかの精液が沸騰している。射精欲がふくれあがり、視界がまっ赤に染まっていく。子宮まで串刺しにする勢いで男根を突きこみ、思いきり腰を振りまくった。

「はああッ、も、もうっ、あああッ」

「夏樹さんっ、お、俺も……」

彼女も昂っているとわかり、夏樹は全力でペニスを抽送する。奥の奥までたたきこみ、蕩けるような媚肉をえぐりつづけた。

「あああッ、い、いいっ、真澄さんっ、すごくいいっ」

夏樹が名前を呼びながら喘いでくれる。大きくて柔らかい乳房を押しつけて、夢中になって股間をしゃくっていた。

「おおおッ、も、もうっ、おおおおおッ」

もはや射精欲が限界近くまで高まっている。沸騰した精液が睾丸のなかで暴れて、今にも飛び出しそうだ。もう力のセーブをできない。真澄は欲望のまま、ペニスを深い場所まで突き入れた。

「あああぁッ、す、すごいわっ」

「おおおッ、で、出るっ、夏樹さんっ、おおおおッ、出る出るううッ！」

ついに精液が勢いよく噴きあがった。肉体だけではなく、心でのつながりも感じている。それだけに快感が大きく、精液が尿道を駆け抜けることで、脳髄が蒸発するような愉悦がひろがった。

「はあああッ、い、いいっ、ああああッ、イクッ、イクううッ！」

あられもない喘ぎ声を振りまき、夏樹が昇りつめていく。汗ばんだ女体がビクビク震えて、思いきりペニスを締めつけた。

「くううッ、き、きついっ、おおおおッ」

快感が収まらず、絶頂の波が二度三度と押し寄せてくる。あまりの気持ちよさに、もうなにも考えられない。ただ壊れた水道の蛇口のように、ザーメンを延々と放出しつづけた。

結合を解いて我に返ると、急に羞恥がこみあげてくる。ふたりは顔を赤くしながら、並んでシャワーを浴びていた。

「もろもろの弁償のことなんですけど……」

先に口を開いたのは真澄だった。

もう警察に突き出されることはないと思う。とはいえ、勝手に部屋に入って飲み食いしたり、無断で使ったりした物については弁償するつもりだ。

「時間はかかるかもしれないけど、必ず……」

「そうね……ずいぶんお腹が空いてたのね」

夏樹がぽつりとつぶやいた。

すでに冷蔵庫のなかを確認したらしい。怒っている様子はないが、どこか淡々とした口調になっていた。

「すみません」

「少しずつ返してくれればいいから」

「でも、じつは失業中でして……」

「知ってる。数日、高山真澄として生活していたんだもの」

夏樹はあのボロアパートで過ごしている。真澄がどのような状況に置かれていたのか、すでに把握しているようだった。

「そ、そうですよね……急いで仕事を探さないと」

「うちで働いてもらえないかしら」

「え？」

まさかと思って聞き返す。ところが、夏樹はニコリともせず、抑揚のない声でしゃべりつづけた。

「人手が足りないの。真澄さんはもう実績があるから大丈夫ね」

夏樹は返事をうながすように見つめてくる。

この数日間の奮闘を実績として認めてくれたらしい。もちろん、まだまだ力不足なのは自分自身が一番よくわかっている。それでも声をかけてもらえたことがうれしかった。

「い、いいんですか？」

「動物相手だから休みはほとんどないわよ」

「はい、大丈夫です！」

昔から動物は大好きだ。だから、野良猫がやってくれば、自分も腹が減っているのに食べ物を分け与えた。

「じゃあ、さっそく今日から住みこみで働いてね」

「住みこみ……ですか？」

「そうよ。動物を預かったら二十四時間体制だもの」

「な、なるほど……」

「ここでわたしといっしょに暮らすの。ご不満？」

夏樹の顔にようやく笑みが浮かんだ。これまで感情を抑えていたため、その破壊力は強烈だった。

「い、いえ……ありがとうございます！」

もちろん、真澄はふたつ返事で了承した。

「なるべく早くアパートを引き払って、引っ越してきてね」

明らかに夏樹の声は浮ついている。

彼女も喜んでいると思うと、ますますうれしくなった。

まさか「ペットのなんでも屋」が再就職先になるとは予想外の展開だ。これから先のことなど誰にもわからない。とにかく、今は夏樹のそばにいられるだけで幸せだった。

＊この作品は、書き下ろしです。また、文中に登場する団体、個人、行為などは実在のものとはいっさい関係ありません。

淫(みだ)ら奥様(おくさま) 秘密(ひみつ)の依頼(いらい)

著者 葉月奏太(はづきそうた)

発行所 株式会社 二見書房
東京都千代田区神田三崎町2-18-11
電話 03(3515)2311［営業］
03(3515)2313［編集］
振替 00170-4-2639

印刷 株式会社 堀内印刷所
製本 株式会社 村上製本所

落丁·乱丁本はお取り替えいたします。
定価は、カバーに表示してあります。

ISBN978-4-576-20029-3
https://www.futami.co.jp/

二見文庫の既刊本

夢か現か人妻か

HAZUKI,Sota
葉月奏太

俊樹は、女性を助け、お礼に口でサービスしてもらう夢を見る。一週間後、夢と同じことが起きるが現実はセックスまでいけた。近所に住む憧れの人妻の夢を見ると夢以上の展開に。不思議な現象を解明しようとする彼だが、その人妻がＤＶ夫に命を狙われ、助けようとした自分が殺される夢を見てしまい……。今一番新しい形の官能エンタメ書下し！